有度文化

相逢可曾是故人

裘山山 著

山西出版传媒集团　北岳文艺出版社
·太原·

图书在版编目（CIP）数据

相逢可曾是故人 / 裘山山著. -- 太原：北岳文艺出版社, 2025.7. -- ISBN 978-7-5378-7142-6

Ⅰ.I267

中国国家版本馆CIP数据核字第2025MW3086号

相逢可曾是故人
XIANGFENG KECENG SHI GUREN

裘山山 / 著

//

出品人
董利斌

选题策划
刘文飞

责任编辑
武慧敏

书籍设计
FAWN

印装监制
郭 勇

出版发行：山西出版传媒集团·北岳文艺出版社
地址：山西省太原市并州南路57号　邮编：030012
电话：0351-5628696（发行部）　0351-5628688（总编室）
传真：0351-5628680
经销商：新华书店
印刷装订：山西基因包装印刷科技股份有限公司

成品尺寸：130 mm×185 mm
字数：135千
印张：7.25
版次：2025年7月第1版
印次：2025年7月山西第1次印刷
书号：ISBN 978-7-5378-7142-6
定价：69.80元

本书版权为本社独家所有，未经本社同意不得转载、摘编或复制

目录

百年前的一株兰	······ 001
从此记住了你	······ 009
对杨绛先生的猜想	······ 015
和徐贵祥做朋友的N个理由	······ 021
黑陶一样的眼睛	······ 029
活色生香林那北	······ 040
老兵沙蠡	······ 046
老妹向黎	······ 050
李老师的"文化交流"	······ 059
旅美华人老袁的一天	······ 066
男人瞿秋白	······ 074
牛人的背影	······ 078

侠女刘静	······ 084
生命的秘密	······ 092
十分好印象	······ 097
十年朱苏进	······ 105
谈笑间,海菲龙腾虎跃	······ 115
能文能武的阎欣宁	······ 123
我的第一个责任编辑	······ 129
我一直叫你家海	······ 136
我愿和你一起飞	······ 145
相逢可曾是故人	······ 151
想起周涛	······ 162
写给姨妈的信	······ 168
永不凋谢的玫瑰	······ 179
在吉安遇见文天祥	······ 184
子非鱼	······ 191
祖祖的故事	······ 198
大恩亦言谢	······ 216

百年前的一株兰

在浙江兰溪,一个叫蒋畈的静谧村落,我见到一位女先生,她的名字叫王春翠。我没和她握手,因为她高高地站在白墙上,我只能仰视。照片上的她,白发如雪,却并不显老态,身板笔直,面容平静温和。她的身边,是一位更年长的老妪——她的婆母刘香梅。从时间上推断,拍这张照片时,她已经和丈夫曹聚仁分开很多年了,也就是说,婆母已经是前婆母了。但仅看照片,她们依然像一对母女。

之所以称王春翠为女先生,不仅仅因为她是老师、她是校长、她是作家,更因为她在百年前的乡村教书育人,传播文明。她生于1903年,还裹着小脚,所以她的另一个称呼是"小脚先生"。

起初她并没有引起我的注意。因为我们去的蒋畈村被称为

"曹聚仁故里",而她,只是曹聚仁的前妻。

曹聚仁,民国时期的著名学者,亦是教授、作家、报人和社会活动家,留下很多价值不菲的学术著作。1950年赴香港后,为海峡两岸的友好交流做出过重要贡献,多次被毛泽东、周恩来、陈毅等领导人接见,以爱国人士著称。故蒋畈村是以他为傲的。

他的父亲曹梦岐,也是大名鼎鼎,是清末秀才。二十世纪初赴杭州应乡试,虽名落孙山,却带回了康有为、梁启超的维新变法思想。从此曹梦岐决心远离功名,以教育救国,将启民智、开风化作为己任,立志要培育一批能改变社会风气的人才。1902年春,曹梦岐倾尽私财,以祖屋为校舍,创办了育才学堂。校名之意,取自孟子的"得天下英才而教育之"。他自任校长,并兼教国文、修身,倡导学做兼修,知行并进,从此将一个愚昧落后的穷乡僻壤带向了时代的前列。蒋畈有幸。须知在一个穷困之地办学育人,是精神上的开仓赈粮,是最大的慈善。曹梦岐功不可没。

在赫赫有名的曹家,出现了王春翠,不过是多了一名曹氏。而王春翠走进曹家,也是源于育才学堂。育才学堂很开明,男女生兼收,于是王春翠便成了曹聚仁的学妹。曹梦岐有三个儿子一个女儿,个个都聪慧好学,其中二儿子曹聚仁,天生聪颖,悟性极高,四岁便念完了《大学》《中庸》,五岁便念完了《论语》

《孟子》。十一岁就在育才学堂任文史课小学教师了,人称"小先生"。"小先生"第一次见到王春翠,就喜欢上了她。

在曹家留下的老照片里,我没能看到王春翠早年的样子。据乡间传闻,她生得眉清目秀,且十分聪慧,这一点,从晚年的照片里可以看出。两个少年是在村旁的通州桥上初相逢的,之后,他们就常去桥上"偶遇",开心地谈天说地,或者静默地看着江水流淌。

我有幸走上了通州桥,很古朴的一座廊桥,平静的江水从桥下缓缓流过,桥头有一棵巨大的梓树,看上去像香樟,但树干上挂着的牌子明确写着梓树,还写着它已有两百多岁了。那么,这棵梓树,是见证过曹聚仁和王春翠的爱情的。两个情窦初开的少男少女,一个十五岁,一个十二岁,美好而又单纯,单纯而又热烈。

曹王两家都很乐意达成这门婚事,于是他们俩早早就订了婚。之后,曹聚仁考入浙江省立第一师范学校,1921年学成毕业后,回到老家和王春翠举办了婚礼。有情人终成眷属。

王春翠做了赫赫有名的曹家的媳妇后,并没有开始阔太太的生活,而是继续求学,毕竟她才十七岁。开明的曹家也没有将她拴在灶台边,而是支持她继续念书。她考上了浙江省立女子师范学校,是当时县里第一个女师范生。她前往杭州读书。与此同时,曹聚仁前往上海爱国女中教书,两人开始了异地分居的生活。

曹聚仁到上海后，其聪明才智得到了极大的发挥。他在教书的同时搞研究、写作、办刊物，创办了《涛声》《芒种》等刊物，为《社会日报》写社论，为《申报》副刊《自由谈》撰稿，还因为整理章太炎先生的《国学概论》而成为章太炎的入室弟子，与鲁迅先生也交往甚密。一时间成为上海文化界的活跃人物。

最初，分居两地的曹聚仁和王春翠通过信件频繁地互诉衷肠，互相交流学习和思想。但渐渐地，曹聚仁的信愈来愈少，内容也越来越短了。王春翠敏感地意识到他们的婚姻有了危机。丈夫是如此的年轻英俊，才华横溢，又在女中当老师，没有诱惑是不可能的。王春翠决意放弃学业，奔赴上海挽救婚姻。到达上海后，她的隐忧被证实了。但她不吵不闹，一如平常地用心照顾丈夫的日常起居，并协助丈夫创办《涛声》杂志，做校对，搞发行。与此同时，努力开辟自己的事业。她在上海暨南大学师范附小任教，也开始写作。处女作《我的母亲》，发表于《申报》副刊《自由谈》。

王春翠的贤淑和才华打动了曹聚仁，曹聚仁辞去女中的职务，夫妻二人和好如初。1926年，他们终于有了一个可爱的女儿，取名曹雯。女儿的出生，给他们带来了巨大的喜悦，他们对这个孩子倾注了全部的疼爱。在一张老照片上，我看到曹聚仁抱着曹雯，小姑娘非常可爱，大大的眼睛，高高的鼻梁，白皙的皮肤，如同一个小天使。

不幸的是，1932年日军入侵上海，曹聚仁在上海郊区的家被摧毁，什物书籍，荡然一空。女儿在躲避战火的途中病倒，由于交通不便，良医难寻，最后不幸夭折。六岁女儿的离世，对夫妻二人打击巨大，王春翠一时间心如死灰，曹聚仁也觉得如同世界末日到来。他痛哭道："好似天地都到了末日，我这一生，也就这么完蛋了。"

承受着无边悲痛的王春翠，靠写作疗伤。她写下了《雯女的影子》一文，发表于《芒种》杂志。1934年，她又完成了散文集《竹叶集》，书名是鲁迅先生亲自选定的，曹聚仁为她作了序。1935年10月，她还以谢燕子为笔名，编著出版了《戏曲甲选》。

繁忙的工作和写作，渐渐抚平了王春翠的伤痛。她又燃起希望，她觉得自己和丈夫还年轻，还会再有孩子的。不料，他们的婚姻再次出现危机。这一次，王春翠心灰意冷，没再做任何努力。她孤身一人离开上海，回到了兰溪老家蒋畈村。

王春翠回到蒋畈村，回到了曹家。毕竟她还是曹家的媳妇。她尽力照顾曹聚仁的父母，更重要的是，她接手了育才学堂，当了女校长。此时，育才学堂的创始人曹梦岐先生，早已离开了人世。他的长子曹聚德和三子曹聚义，先后接任过校长，又先后因为参加抗日战争而离开。

王春翠接手育才学堂后，满腔的热情喷薄而出。首先提出的便是减免学杂费，动员农家子女就学。她迈动着一双小脚在乡村中奔走、呼吁。她一分钱不拿,毫无杂念地办学,将乡村教育视为生命。

抗日战争全面爆发后,为唤醒民众的抗战意识,提高国民的救国热忱,王春翠组建了"育才小学剧团",自编自导了《黄河大合唱》《我们在太行山上》等节目,去各地开展抗日演出。1938年秋,他们在晒谷场演出了抗战话剧《一片爱国心》,引起强烈反响。当局要求他们摘下"救亡"横幅,遭到王春翠严厉拒绝。她还创办了《育才学刊》(共200余期),传播文明,宣传抗战,影响甚广。

与此同时,再婚后的曹聚仁也没有沉溺在小日子里,而是继续从事他的学术研究和文化事业。1937年淞沪会战开始后,曹聚仁"脱下长袍,穿起短装,奔赴战场",拿起笔做刀枪,写下了大量战地新闻、人物通讯和杂感,部分内容还被编入到战时教科书中。我们在电影《八佰》里看到的那位深入到四行仓库保卫战的记者,就是以他为原型塑造的。由于他对淞沪会战的出色报道,被国民党中央通讯社聘为战地特派记者。抗日战争胜利后,获得了南京国民政府颁发的"云麾胜利勋章"。

夫妻二人虽然分开了,却没有背道而驰,成了抗日战场上的战友,各自以不同的方式,在中华民族最危难的时刻贡献着自己的青春热血。这应该是我们看到的最好的结局。

尤其是王春翠,离异并没有让她变得愁苦脆弱,她像一名勇敢的战士投入到了战斗中。1940年春，为躲避日军侵袭轰炸，王春翠带领师生们隐蔽到山林中继续上课。1942年5月，日军入侵浙东，山林里的学校被日军炸毁，他们不得不停课。但第二年稍有安宁，她又立即让学校复课了。复课之时，适逢育才小学建校四十周年，她组织学校大庆三天，以提振师生士气。但好景不长，1944年夏，日军飞机再次轰炸，育才校舍又一次被夷为平地。王春翠依然不放弃，她借用祠堂、庙宇及闲房等继续办学，以锲而不舍的精神做"小脚先生"。

抗日战争胜利后，王春翠马上着手重振育才小学。而且她还发愿，要在原来的基础上扩大校舍，增设中学部。为此她四处募捐、筹款，并写信给曹聚仁请求支持。其实这也是曹梦岐老先生的夙愿，曹梦岐在世时就一直想办中学部。故曹聚仁等曹家兄妹都很支持。他们联络当地名流，建立育才中学校董事会，筹措经费，用以创立育才初级中学。1947年，育才学校终于恢复了，小学部、中学部同时开课。曹聚德任中学校长，王春翠任小学校长。

我从育才学校的历史沿革中看到，王春翠自回到故乡接手育才学校后，没有过过一天安生日子，但她没有停止过一天办学。她让读书声穿越贫困、穿越战火，在山区乡村回响。最重要的是，她在这漫长的艰苦卓绝的岁月里，完成了从曹氏到王春翠的转变，成长为她自己，一个大写的女人。

育才学校停办（合并）后，王春翠回归乡野，做回了农妇。在蒋畈村乡亲们的记忆里，晚年的她时常独自坐在门前，白发在风中飘拂，但凡有孩子路过，她总会问及他们的学业。闲暇时，她还主动教左邻右舍的孩子认字读书，并告诉他们，没有文化，哪里都去不了。改革开放后，她担任了兰溪政协委员，写下不少回忆文章，如《我的丈夫曹聚仁》《回忆鲁迅》等。1987年她因病离世，归葬在蒋畈墓园。

我久久地看着王春翠那张白发如雪的照片，在心中穿越百年时空向她致敬。我在她的脸上看不到愁苦，看到的只有温和平静，以及平静下的坚毅。她一生致力于办学，一生都在坚持求真知、立真人的"蒋畈精神"。任育才学校校长期间，她八年不拿薪水；改成公立学校后，她便将所得工资薪金，全部用来给学生做奖学金。她把自己的整个生命都给了乡村教育事业，因此被乡邻们尊称为"王大先生"。

"王大先生"，多么响亮的称谓！从"小脚先生"到"王大先生"，从曹氏到王春翠，她的生命开出了馨香的花朵，犹如山涧的一株兰。虽然没有艳丽的色彩，没有浓烈的香气，也没有如雷贯耳的大名——倘若不是走进蒋畈村，我可能永远不会知道她。但她的馨香，却永留人间。

所谓流芳百世，便是如此吧。

写于2021年深秋

从此记住了你

这一天我在北京,在离你千里之外的地方。

这一天是 2016 年 12 月 28 日。

早上开会前,我看了一眼朋友圈,忽然就看到了你去世的消息,你的朋友含泪发布消息说:程悬今天凌晨四点走了。我惊愕,头几天,我还看到你在圈里求医问药,怎么忽然就走了?但坦率地说,我当时并没有特别难受,我只是在那条消息下合十写道:一面之缘,愿安息!

之所以如此,是因为我并不知道你是谁,或者说,我并不记得你的样子。我只知道,你是那个班上众多女生中的一个。

6 月的某一天,我应宜兴作协主席徐风之邀,到宜兴的陶都文学院做讲座。从台上看下去,女生很多,都是江南美女,你就是其中一位。你们听得非常专注。我知道你们大多是紫砂壶工艺师，还有一些是老师、公务员、书画家，都是些事业有成的人，但你们热爱文学，因为文学而聚集在一起，这让你们更加美丽，也和我更亲近。你们的院长，文学院的创办人徐风，是我多年的朋友，几个月前，他邀请我来讲讲自己的创作，我就来了。讲课结束后，你们热情地围上来，和我交谈，请我签名，加我的微信，你们毫不掩饰地表达着对我的喜爱，让我很开心。我与你们一一合影，与你们一一加为好友。

你就是其中的一位。

离开宜兴，我们在网上继续交流着，我经常看到你们的作品，有时是文学作品、有时是紫砂壶作品，更多的时候，是你们的快乐，比如上课、比如出游、比如写字、比如开店、比如婚嫁、比如添了第三代。我真的很愿意看到这一切，一一为你们点赞，由衷地。因为知道在那个遥远的江南小城有这样一群认真努力快乐生活的女子，在时常令人沮丧的今天，是多么珍贵。

你就是其中的一位。

有一天我收到你发来的信息，你拍了一张有我作品的报纸给我："今天看到老师的文章了，亲切自然，像夏天里的一股清风。我很少看报的，难得一看就遇见了老师，好有缘。"我脑海里并没有浮现出你的样子，依然是模模糊糊的。于是我只是客气地说了声"谢谢"。

9月初的一天，你在朋友圈发了我讲课的链接，你在链接上特意写了一句：这是开课到现在我最喜欢的老师。我看到了，很感动，但依然只是客气地说了声谢谢！因为我还是不知道你是哪一位。

但仅仅过了几天，你就在朋友圈发出求助："中秋佳节，求高手支招！胃酸倒流烧心烧喉，吃不下睡不着，哪位亲有对症的药赶紧提供一下吧，我跪谢了！"

我看到了，我也有胃病，也经常由于胃酸过多引起不适。于是我在下面回复道：我自己的经验，第一，苏打饼干。第二，清水煮大白菜（大白菜含丰富的维生素 U，养胃。）

你没有回复我。我当时还有些奇怪，难道你不愿意试试吗？

我哪里知道，那时的你，已经不是一般的胃炎了，已经是肿瘤引起的重症了，已经卧床不起了。

又过了二十多天，10月初的一天，我因为买了一张鸡翅木茶台，在朋友圈发了照片。徐风院长看到我茶台上有一把紫砂壶，便夸我的壶养得不错，我笑说，你送我的壶我还没舍得用呢。你看到了我们的对话，在下面回复说：山山老师，壶一定要用，不要舍不得，大宜兴就是您的紫砂壶仓库，尽管拿去用，尽管找我来拿。

这句话让我开心极了，我回复说：真的吗？太好了，下回到宜兴找你。你说：我恭候您。

我几乎忘了半个月前你还痛苦地向大家求救。我以为你的身体已经恢复了。我只觉得心里暖暖的,知道有一位做壶的美女工艺师在宜兴等我,但我依然不知道你是哪一位。

一直到这一天,一直到你离开这的一天。

你的文学院的同学们好友们,纷纷在朋友圈发照片和文字怀念你,哭泣着送别你。我一次又一次地看到了你的遗像,照片上的你非常美丽,长发卷曲,眼睛大大的。可我依然没对上号。我有脸盲症,见过一面的人很难记住,何况当时一下子见了那么多美女,一下子加了那么多好友。

但是,其中一位朋友发照片时,发了一张我与你的合影,还特别强调说明:图五是她生前最喜欢的老师裘山山。

我的脑袋嗡地一下,原来是你!原来是你啊!

我记得你,太记得你了。讲课那天,你穿了件亮红色的短袖,你的个子很高,你剪着短短的头发,看上去不像个工艺美术师,倒像个运动员。你的笑容明朗单纯。你跟我拍了两次合影,因为个子高,合影时还微微侧弯着迁就我。也许是因为头发,也许是照片上看不到你的身高,我一直没能把遗像上的你和站在我旁边的红衣女子联系在一起。

直到你离开的这一天。

我深深地内疚。我后悔写下那句简单的话:一面之缘,愿安息。

在开会的间隙，我翻看你的朋友圈，翻看我们的对话，倒回去寻找我们交流过的痕迹。原来你就是那位说在报纸上看到我文章的程慭，原来你就是那位说最喜欢我讲课的程慭，原来你就是那位说"大宜兴就是你的紫砂壶仓库"的程慭，原来你就是那位向大家求助的程慭……所有的信息一一重合。

还有一些找漏看的信息：10月底，你和父亲的工艺品店入住淘宝；11月初，你做了外婆；两天后，你参加了文学院的结业典礼。你热情洋溢地说："欢乐的一年，文学院，一路上有你，真好！各位同学和老师，一路上有你们，真好！"一直到12月19日，也就是去世的十天前，你还发了外孙的照片，说外孙四十五天了，你却在病榻上无法抱他。但你还是坚强地说："望图片中的小伙子能给我注入活力和能力，让我拥有活着的希望，感觉到生命的意义吧！"

在短短的时间里，我熟悉了你，成为你的朋友。我为失去朋友感到疼痛，忍不住暗自落泪。我请徐风院长替我送一个花圈为你送行，我请文学院的同学替我向你鞠躬，但这一切都无法弥补我的歉意。我竟然在你走后，才记起你的样子。

徐风院长告诉我，你曾跟他说，你要为我做一把精美的紫砂壶，等我下次去宜兴，就送给我。可是病来如山倒，你再也没能爬起来，就这样撂下所有你热爱的人和热爱的事业，走了。

你的女友告诉我，已替我向你深深鞠躬，并告诉你，裘老师委托我来看你,送你最后一程。你的面容安静祥和。她请我放心。

徐风院长亲自为你写了挽联:文心似丹至美至善天堂走好声声慢,性情如火大爱无疆人间传芳步步留。同学们也一一前往吊唁,与你作最后的告别。

可我什么也做不了,只是在开会的间隙,不断地想你,脑海里不断浮起你的面容,浮起那一团大红色,还有你独特的名字——程悬。

平生第一次,我与一个去了天国的人成为朋友。

从此记住了你的样子。

2016 年 12 月 30 日急就

对杨绛先生的猜想

初夏的一天,午饭后我习惯性地打开微信,突然就看到了杨绛先生去世的消息。消息说,杨绛先生于今天(2016年5月25日)凌晨去世,享年一百零五岁。

我很少在朋友圈转发这样的消息,但那天我马上就转发了。我没有像其他朋友那样双手合十,而是献了一枝红玫瑰。因为我想,假若我去参加她老人家的追悼会的话,一定会献上一枝鲜花的。不,也许应该是三枝,另两枝,托她带给夫君钱锺书先生和女儿钱瑗女士,衷心祝福他们一家三口重新团聚在一起了。

有位朋友见到了,好奇地问我:"你和杨绛先生有过交往?"

我回答:"从未交往过。"

之后感觉不妥,心里隐隐不安,就好像曾经得到过诸多好处,如今却否认了似的,于是又补了一句:"只是读过她的书。"

如果读书是一种交往,那么我和杨绛先生的交往很深。

我起身,从书架上找到了杨绛先生的书,薄薄的三本小册子,全部购于二十世纪九十年代。《洗澡》《将饮茶》《干校六记》。

其中最薄的《干校六记》,仅三万六千字,定价两元。但就是这三本薄薄的小册子,对我产生了巨大的影响(一点儿不夸张)。我至今清楚地记得我当初读它们时的那种震惊、震撼,久久无法释怀。

这些年,我也常在网上看到人们转发杨绛先生的种种语录,关于读书、关于人生,虽然句句精彩,但对我的震动,已无法和早年相比了。

因为那个时候,二十世纪九十年代初,正是我开始创作、开始人生道路的时候,我很庆幸在那个时候读到了她的书,可以这样说,是在对的时候遇到了对的书。由此,杨绛先生的文风影响了我的写作,杨绛先生的生活态度,更是影响了我的一生。

那本薄薄的《干校六记》,是杨绛先生写自己和丈夫钱锺书,从 1969 年到 1972 年,先后从北京中国社科院到河南罗山五七干校下放劳动的际遇。当时他们两人都年近六旬,却不得不卷着铺盖卷儿到偏远农村去"改造思想"。但那么苦难深重且是噤若寒蝉的三年,她只写了三万六千字,且这三万六千字字字淡定。可以说是娓娓道来，还带了几分诙谐和调侃。

可是我读的时候，往往笑一下，就哽咽了。

细想，他们下放的年龄，差不多就是我现在的年龄。换作我，能做到吗？答案应该是否定的。

比如一开始她写钱锺书接到通知，作为先遣队要走了，"只有一个星期置备行装，可是默存要到末了两天才得放假。我倒借此赖了几天学，在家收拾东西。"她为钱先生准备衣物时，特意补了条结实的裤子，"坐处像个布满经线纬线的地球仪，而且厚如龟壳。默存倒很欣赏，说好极了，穿上好比随身带个座儿，随处可以坐下。"

钱先生1969年11月下放，半年后，即1970年7月，杨绛自己也接到了下放的通知，而就在一个月前，他们的女婿自杀了，女婿刚直不阿，因为不肯出卖他人选择了自尽。于是送杨绛离开北京的，就只有女儿阿圆了。

整本书里，唯一流露出悲痛情感的，就是此处了：

"阿圆送我上了火车，我也促她先归，别等车开。她不是一个脆弱的女孩子，我该可以放心撒下她。可是我看着她踽踽独归的背影，心上凄楚，忙闭上眼睛；闭上了眼睛，越发能看到她在我们那破残凌乱的家里，独自收拾整理，忙又睁开眼。车窗外已不见了她的背影。我又合上眼，让眼泪流进鼻子，流入肚里。"

寥寥数语,不能不让人和她一起潸然泪下。

但接下来的叙述,依然很平静。她在干校见到钱锺书,瘦得脱了形:"干校的默存又黑又瘦,简直换了个样儿,奇怪的是我还一见就认识。"但去看病时,医生认不出了:"我们干校有一位心直口快的黄大夫。一次默存去看病,她看他在签名簿上写上钱锺书的名字,怒道:'胡说!你什么钱锺书!锺书我认识!'默存一口咬定自己是钱锺书。黄大夫说:'我认识钱锺书的爱人。'默存经得起考验,报出了他爱人的名字。"

这样平和的还带了几分调侃的文字,却暗藏着无法言说的心酸。她写她被分到菜园班,是怎么开园的,怎么把"比脑袋还大,比骨头还硬"的土坷垃弄碎,怎么挖一口井来灌园,怎么为了积肥建厕所,"还用麻绳细细致致的编织成一个很漂亮的门帘",不料第二天门帘就被偷走了,"从此,我和阿香只好互充门帘"。

钱锺书被分配在砖窑看管工具,和她的菜园班隔着一条小溪,有十多分钟的路,钱锺书就借每天去邮电所拿信件的机会,到菜地与她见个面,说几句话。"这样,我们老夫妇就经常可在菜园相会,远胜于旧小说、戏剧里后花园私相约会的情人了。"

年轻时的我无法想象,她是有着怎样一颗心,在那样的灾难里、折磨中心平气和的。眼下已不再年轻的我,依然无法想象。

我只能一遍遍读她的散文,从她的散文里学习她平和朴实而又大气豁达的文字。她的博学和成就使她用不着再在行文中炫耀自己的才华了，所以她总是写得朴实平和。当然，那样的朴实平和也是需要功力的，需要渊博的学识做底肥的。

除了《干校六记》，杨绛先生的另一本书《将饮茶》，也让我刻骨铭心。我至今记得其中两个细节，一个是"文革"刚开始，造反派就批斗她，鞭打她，给她剃阴阳头。别看她那么平和，却也倔强，其他人求造反派不要剃，她坚决不求。剃了之后，她用女儿剪下的头发做了个假发，"我自恃有了假发，'阴阳头'也无妨。可是一戴上假发，方知天生毛发之妙，原来一根根都是通风的。一顶假发却像皮帽子一样，大暑天盖在头上闷热不堪，简直难以忍耐。""街上的孩子很尖利，看出我的假发就伸手来揪，幸有大人喝住，我才免了当街出彩。我托人买了一只蓝布帽子，可是戴上还是形迹可疑，出门不免提心吊胆，望见小孩子就忙从街这边躲到街那边，跑得一溜烟，活是一只过街的老鼠。"如此这般，在我看来是地狱般的生活，杨先生却一个脏字也没有，一句歇斯底里的叫喊也没有。

不仅如此，她依然在那样的环境里读书、做学问。

造反派让她去打扫厕所："不出十天，我把两个斑驳陆离的磁（瓷）坑、一个垢污重重的洗手磁（瓷）盆，和厕所的门窗板壁都擦洗得焕然一新。磁（瓷）坑和磁（瓷）盆原是上好的白瓷制成，铲刮掉多年积污，虽有破缺，仍然雪白锃亮。"

然后,她就坐在打扫干净的厕所里读书。她翻译的大部头《堂吉诃德》,很多部分就是在"文革"那样的环境里进行的。

这样的定力,这样的气度,总让我感觉有点儿非人类。我曾数次揣度,她的豁达心态,是得益于她的渊博学识,还是天性使然?

我的童年经历了"文革",目睹过种种癫狂和恐怖,生生把一个刚开始文明进程的社会推回到野蛮粗暴之中。在那样的运动中被折磨过的人,即使不寻死,也会发疯。所以我对那些始终充满怨恨无法释怀的人非常理解,同情。

但我还是更钦佩(或曰敬佩)杨绛先生的平和。

我不知道杨绛先生是怎么做到的?在经历了种种苦难和欺辱后,不怨恨也不自怜,不哭诉也不声嘶力竭。始终面带微笑,我行我素,过日子,做学问,心平气和地走过一生。

我只能猜想,暗自猜想,也许她的灵魂会时常从躯壳中脱离出来,升腾到空中,俯瞰下面乌烟瘴气的"运动",她一眼就看到了那些小丑的末日,不屑与他们相争;再也许,她的灵魂会时常飞跃到人类长河的尽头,遥看人们正在经历其中最糟糕的一段,她知道这一段终会过去,并被人类深刻地反省。

她个子小小的,心却那么大,那么宽阔。

2016年5月25日初稿　2017年3月修改完成

和徐贵祥做朋友的 N 个理由

好像是"很久以前"或者"大概十几年前"这样的模糊概念。但徐贵祥却很清楚,据他讲,是1991年,他刚从军艺毕业,作为解放军出版社的见习编辑,到成都来和我们创作室的一位创作员谈书稿。创作室的人请他吃饭,我陪同,我们就认识了。

我相信他的记忆。不过我对1991年的徐贵祥的确已没有印象了。实际上那个时候,他因为中篇小说《弹道无痕》获奖,在军队文学圈已小有名气。我正埋头犁我的一亩三分地,顾不上关心他人。

真正记住他,是在读了他送给我的小说集《弹道无痕》之后。我没想到我会喜欢上他的小说,那种充满阳刚之气的粗犷有力的生机勃勃的军营故事,让我读得津津有味,我将那本集子里的小说一篇不落地全部看完,还跟其他朋友推荐过。

可惜那个时候没手机，也没网络，我对他的赞美一直无法传达，直到若干年后在某个场合见面，我才告诉他。但他已迅速成长为具有大家风范的作家了，对我的赞美很漠然，让我觉得多余。

后来，在军内外的各种创作会上，包括一起出访俄罗斯，我们一次次见面，慢慢熟悉起来，熟悉到了经常打嘴仗，互相嘲讽的地步。比如他打电话跟我寒暄："在干吗？写什么惊世骇俗的大作呢？"我就说："现在在建设和谐社会，我干吗要惊世骇俗？"他发短信问我：听说你染红头发了？我说：哪个色盲告诉你的？他编了一个贫嘴段子给我（估计是群发）：如果你觉得我的作品比我人好，说明你很有品位；如果你觉得我人比作品好，说明你很有格调。我回复说：两样都不好，我就是个俗气人。他调到空军创作室后，伊妹儿了一张穿空军服装的标准照给我，大概想显摆一下，我回复说：除了军装好看，其他都难看。就在我写这篇东西的时候，他又发来短信：全世界读书人联合起来，掀起一个读《马上天下》（他的新长篇）、做时尚人物的热潮……我依然没放过找茬的机会，回复说：现在流行说时尚达人啦。

不过，现在这么一回顾，我发现主要是我在嘲讽他，他倒很少嘲讽我。究其原因，是我对他有气。

生气是因为，他答应给我们刊物（《西南军事文学》）写个中篇,却始终没写。有一次他已经很详细地跟我谈了那个小说的构想,写到中间困惑时,还打电话跟我聊过。记得当时我正在跑川藏线,走到某个兵站,他发短信问我有没有军线,我就用兵站的电话给他打过去,隔着千山万水,给他打气加油。我以为这一回应该没问题了,谁知他老先生写着写着,就把那个中篇写成长篇了,就是《明天的战争》。

要命的是,他居然还把书稿发给我,毫无愧疚地说:你在你们刊物上选发两章吧,帮我宣传一下。

气归气,想到他的小说还是好看的,而且军队刊物不多,写军事题材的作家也不多。我就给他选发了两章。

更要命的是,他之后写了长篇,仍会让我帮他宣传,在我们刊物上给他发一篇后记或者发一个评论。每次都说:这个题材容量太大,中篇无法承受,下次我一定好好写个中篇给你,说话算话。

其实我也知道他擅长写长篇。他那么大个块头,那么多的能量,中短篇哪里盛得下?我之所以那么"强硬地"向他约稿,是觉得他欠我人情:他的获奖小说《历史的天空》,是我推荐给人民文学出版社的,而且是在他最没信心的时候,多大的功劳啊,他居然不报答我。

也许是为了让我消气,徐贵祥在文章里吹捧我是个"开明爽朗,还有点豪情侠骨的女人",为了名副其实,我只好不再跟他计较。

转眼七八年过去了,眼看着他一个一个的长篇出笼,《明天的战争》《八月桂花遍地开》《高地》《特务连》《四面八方》《马上天下》……几乎是一年一本,本本都很火。我除了生气,就是羡慕。除了羡慕,就是生气。

生气,却依然在和他做朋友,肯定是有原因的。

第一,徐贵祥是个让我尊重和佩服的人。自打开始创作,徐贵祥就一直很认真地写小说,并且很认真地写战争小说、写军队生活。不像我等,穿着军装,写的常常是与军队、与战争无关的东西;也不像尔等,转身去写电视剧挣钱。在如此眼花缭乱、诱惑多多的今天,他能坚持啃军事题材这块硬骨头,并且啃出了滋味、啃出了大奖,我嘴上嘲讽,心里着实佩服他。这个就不展开了,反正表扬他作品的文章已经很多了。

第二个原因,他聪明、好玩儿。可以说,徐贵祥是我认识的朋友中最表里不一的一个。外表看着朴实厚道,实际上相当狡猾,说好听点儿是聪明;外表看着有些木讷,实际上颇有幽默细胞。

这个可以展开说说。一朋友告诉我,她去徐贵祥家玩儿,徐贵祥就带她参观,走到主卧介绍说,这是男女生混合宿舍;走到儿子房间说,这是小男生宿舍;走到厨房说,这是炊事班;走到卫生间说,这是书房——他在马桶一侧修了很高的书架,摆满了书，还安装了比较明亮的灯。家里人多吵的时候，他就在厕所看书。

徐贵祥几乎从不转发他人短信，他的短信都是原创，我读他的短信常会忍俊不禁，前不久他还发了一个：手握一杆钢枪，身披万道月光，我驾驶着一辆二手车，行驶在长安大道上。我回复说：扔了你的钢枪，握紧方向盘吧。即使拜年，他的短信也是自创，比如，徐贵祥战斗小组在×年高地祝你新年快乐！或者，在牛年到来之际，徐贵祥代表全世界公牛……（后面词儿忘了，反正是搞笑）。

有时他也会发智力测验题给我，比如，一个池塘种莲藕，每天以成倍的速度生长，三十天后长满池塘。请问，什么时间长到池塘的一半？我赶紧把答案回过去，二十九天，表示自己不笨。徐贵祥还是要打压我说：我解这道题只用了一分钟，你却用了三分钟。

徐贵祥的脑子的确是好使，要说笨，就是在网络上是菜鸟，除了发邮件，其他都不灵。偶尔给我伊妹儿，信件主题上一定写着"给你推荐一篇好文章"，或者"发现一篇有趣的文章与你分享"，前者肯定是他自己的东西，且是发过的；后者肯定是吹捧他的东西，希望我刊登。我一般都懒得理他。

徐贵祥宣传自己，历来是勇敢的、不含蓄的。但我发现他在自我表扬的同时，也常常表扬他人。《历史的天空》被改编为电视剧后,大火,对原著小说起到了很好的宣传作用。徐贵祥对此毫不否认,我几次看到他在媒体上说,他非常感谢编剧、导演和演员,是他们的辛勤劳动让更多的读者知道了这本书。而不是说,自己的小说在电视剧之前就已经很有影响了,已经是名著了等等。

所以我虽然嘲笑他喜欢自我表扬,却不得不承认,他宣传归宣传,但不炒作。我以为宣传和炒作是有区别的,前者以事说事,后者借事造势。所以,虽然迄今为止徐贵祥得了一大堆奖,但名气却不是很大。

这应该是第三点原因,他面对媒体的态度,比较朴实本分,不作秀,不装腔作势。

徐贵祥对帮助过他的编辑(含我),都时常表达谢意,写文章也好,回答记者采访也好,有机会时,他都会表达出来。我以为这也是聪明。当然,不仅仅是聪明,还有善良。

这就是我愿意和他做朋友的第四个原因了。在这点上,徐贵祥也是表里不一的,外表看上去粗犷,甚至粗糙,像个土匪,实际上很细致,很周到,小眼睛一眨一眨,貌似在说,我本善良。

我说徐贵祥善良,他一定会不好意思,可我还是要让他不好意思一回。汶川大地震发生后,徐贵祥的老部队在重灾区青川县救灾,徐贵祥赶去采访。面对满目疮痍,徐贵祥觉得自己不做点儿什么过不去,于是一举捐出了二十万,专门用于资助青川的受灾学生。他在和当地教育局签了协议之后，马上就去银行把钱打了过去。

我要说的不是这个。这个已经被报道过了。我要说的是捐款之后的故事：有个青川的女大学生知道了这事，就到教育局申请资助，教育局回答说，这笔钱是专门资助当年高考状元的，她不符合条件。这个女孩子很勇敢地给徐贵祥打电话。她说我也是受灾大学生，家里房子都被埋了，什么都没了，你的那笔钱可不可以资助我一些？徐贵祥为难地解释说，二十万交给教育局后，他就无权再干涉分配了

但徐贵祥还是心软了，他打电话跟我说："他妈的，我听了这小姑娘的话有点儿不忍心。"我问："那你打算怎么办？"他说："要不你帮我见见她，如果情况属实，我就资助她。"

我当然无法拒绝这样的请求，于是约见那个女大学生，得知她家里的确受了重灾，虽然父母逃生，但已经一贫如洗。于是我将准备好的两千元钱给了她，然后打电话给徐贵祥汇报。徐贵祥说，是这样的话，我应该管她的，我把钱给你。我说算了，你已经资助那么多了，这两千元就算我资助的好了。徐贵祥说那不行，是我委托你的。不久之后，徐贵祥就托朋友把钱带给了我。我发短信说他：你真够呛。他回复说：君子要言而有信。

让我们欣慰的是，这个女大学生也是比较好强的，自此之后，再也不肯接受徐贵祥或者是我的资助了，每次问她怎么样，

她都说没问题，她在打工。但徐贵祥还是时常关心她。现在他在给我许愿写小说时，内容就有了变化：你放心，我一定会给你写个中篇的，到时候你就把稿费直接给小青（那个女大学生）。

其实我早已放弃了跟他约稿的打算，但只要见面，他依然信誓旦旦地说，我一定会给你写个中篇的。这誓言从2000年回响到2010年，渐行渐远。当然，只要他健在，就不能算食言。

所以我继续等待着，等待有一天，他把长篇写成中篇。

2010年1月15日，写于成都

黑陶一样的眼睛

在见到伍映方之前,我对黑陶一无所知,对靖窑更是一无所知。所以,当我来到靖安,走进伍氏靖窑时,人是懵懂的。即使跟着众人看了一圈儿作品下来,赞美归赞美,心里并没留下太深的刻痕。

但是,当我们坐下来,和靖窑主人伍映方先生面对面时,我却猛然被打动了,被他的一双眼睛打动了,准确地说,是眼神。我发现在整个交流过程中,无论是别人说话,还是他自己说话,他的眼神都是凝聚的、沉静的,从不东张西望,或者扫来扫去。虽然面带微笑,但一双眼却目不转睛地盯着某处,似乎那里有我们看不到、只有他能看到的东西。细细琢磨,那眼神里有深邃、坚韧、执着,有内敛、宁静、思索,有谦逊、感恩、平和,还有激情、梦想、灵动。

这样的眼神，该怎么形容呢？

也许只能用黑陶来形容。

我试着走进黑陶的历史，才知道它是如此悠远漫长。

陶器几乎是与人类共生的，从目前的考古发现，至少已有两万年的历史了。而黑陶，出现的也相当早，大约在中国的新石器时代。词典上说：表里、胎质均呈黑色的陶器，称为黑陶。由于黑陶制作技术复杂，烧制难度大，已失传三千多年。

2010年10月，江西靖安的老虎墩遗址，出土了一件令考古专家惊喜万分的文物——蛋壳黑陶觚。这一黑陶器物距今已有四千五百年，被国际考古界誉为"四千年前地球文明最精致之制作"。它胎质细腻，胎体极薄，表面还抹有一层薄薄的黑衣，胎体厚度仅1毫米左右。故以蛋壳喻之。

这一发现，不仅震惊了考古界，也震惊了伍映方。

当伍映方面对那一尊尊"薄如纸、硬如瓷、声如磬、亮如漆"的蛋壳黑陶觚时，不仅仅是震撼，还有激动，还有自豪，还有钦佩，还有羡慕。那么精良的制作，那么优美的线条，那么明亮的色泽，那么规整的造型，即使在具有先进设备和成熟制陶技艺的今天，也难以完全复制。他简直无法想象，几千年前的陶艺同行，几千年前的靖安人，是怎样靠一双手烧制出来的。

在震撼敬佩之后，他的"野心"怦然萌动：我要解开这个谜团。我要向古人学习，也用靖安本地的原材料，也用纯手工制作，也用柴窑烧制，来恢复黑陶制作技艺，原封原样的复制出老虎墩蛋壳黑陶觚来。我要让黑陶的色泽之美、造型之美、装饰之美，在中国重放异彩。

伍映方的父亲就是一位老陶艺人，十三岁学艺，心灵手巧，制陶的工序样样精通，是多家陶瓷厂的技术骨干。因工作太忙，他把伍映方他们兄妹三个交给乡下的母亲抚养。

伍映方三岁那年，乡下传闻要发生大地震，一时间人心惶惶，奶奶非常担心，连忙让儿子把孙子接走。父亲只好将七岁的哥哥和三岁的他带到陶瓷厂。到厂里后，七岁的哥哥上学去了，三岁的他只能跟着父亲去上班。

他就这样开始了与陶艺的缘分。在满是大人的世界里，伍映方丝毫不感到无聊，那些泥巴和坯胎让他感到亲切，那窑里的火让他兴奋。他惊奇地发现，这里的泥巴和乡下的泥巴不一样，这里的泥巴遇见火时，就会变成漂亮的陶器、瓷器。这让他非常着迷。他每天乐此不疲地捏泥巴，一双小手在与泥巴的亲密接触中，变得灵动巧妙。到六七岁时，他已经会拉坯陶罐了。

就在他读高二时，家里发生了一件大事：江西省靖安县香田乡政府为了改进并提高本乡的陶瓷厂工艺技术，将他的父亲伍先崇，作为技术人才，被引进到了香田陶瓷厂。一年后，香田陶瓷厂的产品质量显著提升，政府便提出让他们全家迁到靖安。

一到靖安，伍映方就向父亲正式提出了学习制作陶器的想法。一来，他看到父亲接下了让靖窑重放异彩的艰巨任务，想参与其中；二来，当时他们家孩子多，经济拮据，他也想分担。

起初父亲坚决不同意。父亲觉得，自己一辈子就是个手艺人，儿子不应再做手艺人了。若去读大学，毕业后谋个公职，那不是比手艺人更荣耀更体面吗？但伍映方说："如果你非要我上大学，那等我毕业了，还是要回来跟你学陶。"父亲沉思良久，终于说："好吧，你想清楚了。如果真的要跟我学，就必须学好，学出个样子来，不能给我丢脸。"

父亲的这几句重话，非但没让伍映方退缩，反而激发了他的干劲儿。他发愿一定要学出个样子来，不但不给父亲丢脸，还要争光。

他眼里那种坚韧的光，就是从那时开始闪现的。

此后，伍映方全身心地走进了陶瓷世界。他用十年时间，从父亲那里学到了传统陶瓷制作的各项技能，点点滴滴都不漏。而立之年，他已经把自己锻造成一个合格的陶艺师了。陶瓷制作的十八般武艺，七十二道工序，挛窑、淘土、拉坯、成型、装饰、上釉、烧制，他全都熟练掌握、操作自如了。用他朋友的话说，你只要给他一盒火柴，把他放到山上去，他就能创作出陶瓷作品来。

伍映方徜徉在陶瓷的世界里，尝试制作各种各样的器皿。各种颜色的釉瓷他都一一试过。他也去全国各地跑，有好窑的地方他都一一看过。各种技法，各种器皿也都一一学过。他的技艺提高很快，做出来的陶瓷也很受欢迎。

但不知怎么，他却感到迷茫，有点儿找不到方向。自己到底想要什么？难道就这样和大家一样，去做一些适应市场的产品，或者去拿几个奖，评几个大师头衔吗？

他觉得那不是他想要的，不是他的梦想。他不想做工艺品，他要做艺术品。二者虽然只是一字之差，在他心里却是天差地别。

他的眼里闪着梦想的光。

幸运的是，他认识了一位叫单庆华的朋友，单庆华的文化修养、艺术眼界都让他钦佩，他便拜单庆华为师。单庆华看出了伍映方的迷茫，提议他静下心来读读书。单庆华给伍映方推荐了李泽厚的书、宗白华的书，还给他推荐了《论语》《道德经》《庄子》《诗经》等国学经典。

伍映方就在他的陶瓷作坊里读起书来。书读的越多，伍映方越觉得自己需要学习的东西太多，也越觉得自己的作品不理想。当下那些陶器，还远不是他想要的作品。

直到靖安黑陶的出现。老虎墩出土的蛋壳黑陶觚，极大地震惊了伍映方。虽然此前他对古陶瓷也有所研究，但主要是在宋代黑釉瓷领域。比如：黑釉油滴、黑釉兔毫、黑釉虎斑玳瑁、黑釉木叶天目剪纸贴花、窑变等等。虽然也有突破，但依然停留在硅酸盐化工原料配方的层面。面对蛋壳黑陶，他才知道，自己以前的做法不是古法，是现代工艺。几千年前的古人，完全凭柴烧凭手工就做出了那么精美的蛋壳黑陶觚。

伍映方终于知道自己想做什么了。

最开始，伍映方充满了信心。他想，几千年前的古人，在那么简陋的条件下都能做出蛋壳黑陶，现在的条件如此之好，自己的手艺也已经娴熟，重新烧制出蛋壳黑陶应该问题不大吧？

没想到真正做起来，才发现实在是太难了。黑陶制作技艺已断代了几千年，没有任何资料可循。要想复制成功，只能硬着头皮不断做实验，采用倒推法一步步地走，也就是否定之否定，从一次次的失败中爬起来。

首先需要攻克的难关是拉修薄坯。所谓蛋壳黑陶觚，就是薄如蛋壳，最薄处仅 0.2mm 左右，像是蛋壳里的那层膜。伍映方婉拒所有的访客，将自己关在工作间里，夜以继日地苦练拉坯。饿了,妻子将饭送到工作间,困了,就把椅子拼到一起躺一会儿。他像着了魔一般,反反复复地拉坯、修坯、再拉坯、再修坯……他的手越来越巧:厚度由1mm到0.9mm、0.8mm……他不是在拉坯,他是在挑战极限。

终于,经过数个月的努力,伍映方攻下了拉坯这道难关,他可以娴熟地拉出1mm以内的薄胎了,最薄处仅0.2mm。

之后是挛窑,之后是装窑,再之后,剩最后一个难题了,也是最难的难题了:烧窑。

经过几十年苦练,伍映方对窑火风向和温度的把握,已经到了炉火纯青的程度。俗话说"三年出一个状元,十年出一个窑火师",可见掌握窑火的温度多么不易,温度相差几度,时间相差几分,烧出来的作品就完全不同。而柴烧就更难了。火候的把握,全靠人的判断。

很多人都劝伍映方改用电烧或是气烧,出品率高,没那么辛苦,也不愁卖不出去,可他毫不动摇。他明白,柴烧不确定的温度,以及剧烈的升降温,会对釉面及坯体产生影响,其温润、内敛、自然之美,是升温相对恒定的电气窑无法达到的,特别是瞬间产生的特殊窑变,非柴窑烧成不可。

更何况在他心中,那团火是那样迷人,那样神奇。不仅是燃烧薪柴,更是人与窑的对话、火与土的共舞。柴烧作品拥有的浑厚内敛的质感，其"火痕"与"灰釉"所构成的自然美妙的纹路，是人工永远无法达到的。

我忽然意识到，伍映方眼里的光亮，就有柴烧的火光。或者说，他长期专注地看窑火，那火光已落入眼底。

柴烧一窑，通常需要六十个小时左右，其间需要烧窑人不眠不休，轮班投柴，加柴的速度和方式、薪柴的种类、气候的状况、空气的进入量、窑内的温度等细微因素，都会影响窑内作品的色泽变化。

只要窑火一点燃，伍映方的全部生活就转移到了窑边，或者说，他的整个魂都附在了窑上。连续数十个小时不眠不休，随时掌握各个窑室的火候。溜火、紧火、歇火，不允许出一丝差错。哪怕疏忽了一捆柴，也可能会让整个窑内的作品毁于一旦。夏日是成群的蚊虫围攻，冬天是刺骨的寒风围剿。双眼熬得通红，布满血丝，皮肤也是严重失水，干燥得吓人。

但这些对伍映方来说，都可以忽略不计。他的全部身心都在黑色陶瓷上。从拏窑、拉坯到烧制，九九八十一道坎，已经一路艰辛地走过来了，就看这最后一关了。

但是，满怀的期待，却一次次的落空。

最开始烧出的几窑，不但没有一件黑陶，甚至连一点黑色的影子都没有。千辛万苦，全部化为乌有，那种打击实在是太沉重了。

怎么办？是继续实验还是放弃？毕竟烧制一窑的成本需要几十万元，简直就是在烧钱。由于他一直埋头研究黑陶技艺，没有走市场，也就是说，只投入，无产出，在啃完老本后，他差不多陷入了身无分文的困境。

伍映方看着自己每次烧窑记录下来的一沓沓厚厚的数据，再看看那一窑窑的废品，内心非常纠结。最简单的办法就是放弃，和别人一样，烧制普通的陶瓷，以他的技术，照样可以有市场。但他不想妥协，不想背离初衷，他要和那个黑黝黝的器物死磕。

在经历又一个不眠之夜后，他对妻子说，我再烧最后一窑，如果还不成功，我就放弃。他说这话时，眼里有一种不屈的光。妻子很贤惠，一直在背后默默支持他，什么也没说。

那一年是2013年，伍映方已进入不惑之年，但他依然要为难自己，和自己过不去，和黑陶过不去，烧"最后"一窑。这最后一窑，是背水一战，让他的心扑腾扑腾跳得厉害。他在心里默默祈祷，他真希望古人能跨越几千年来保佑他。

终于，一件黑色的留着些许白的陶作，呈现在他眼前。他惊喜万分，自己数年的努力，总算出现了一线曙光，他终于触摸到了烧制黑陶的关键点：对泥料的处理和对窑温的控制。

这最后一窑，成了第一窑，充满希望的第一窑。

此后，伍映方继续研究，反复试烧，渐渐的，一点一滴的，终于摸索到了古人烧制黑陶的真谛，终于掌握了断代几千年的技艺，终于让四千五百年前的蛋壳黑陶觚重生了！

单先生激动地说，此举可谓石破天惊。第一，他采用的是柴烧，火候高达900度以上，最高达1250度，成功破解了温度超过900度就烧制不成黑色陶瓷的千古困局；第二，他不上釉，纯粹靠泥坯，创造性地烧制成功了胎体全黑的素胎黑瓷。这是奇迹，是改变陶瓷世界的奇迹。

是的，伍映方最早用化工原料添加法，也烧出了纯黑色的黑陶，但他不满意，砸碎作品，从头开始。通过反复试验，他又用有烟煤烟熏法，烧出了里外全黑的黑陶。在深入研究后，他再次推翻了自己的"研究成果"。他认为人类运用煤炭的历史只有两千七百余年，而蛋壳黑陶觚是四千五百年前的；再有，有烟煤在加热过程中会释放大量的重金属及有害金属，渗入坯体中，作为实用器不安全。只有用纯天然泥料、手工制作、柴窑烧制，才是真正的古法。

当他捧着用古法烧制出来的陶瓷，看到质朴浑厚的陶瓷上散发出天然的色泽时，终于聆听到了来自大自然的声音。

蛋壳黑陶觚等系列黑色陶瓷全面恢复古法烧制成功后，伍氏靖窑一时声名鹊起，媒体纷纷上门采访，业内人士纷纷上门求教，还有很多商家上门订购，出价颇高。

面对这一切，伍映方丝毫没有大功告成的感觉，他依然心静如水，尽可能地婉拒一切与黑色陶瓷研究无关的事。有人让他拿他的作品去参加评奖，甚至明确跟他说，你的作品肯定能得金奖，他还是婉拒了。他的理想，依然是最朴素的那个，就是在有生之年，做出令自己满意的作品，而不是其他。

回望来时路，伍映方说："我在制作黑色陶瓷的路上走了三十年。前十年，是由简到难，把每一个步骤、每一个微小的技术、每一种方式、都一一学到手。而后二十年，是由难到简，是回归。这回归的路，走得更艰难、更漫长，至今还在继续走着。"

三十多年的制陶经历，让伍映方总结出了烧制陶器的三重境界。第一境，有意为之，有意得之。也就是说，想做成那个样，果然是那个样。第二境，有意为之，无意得之。即烧出来的作品，超出了自己的预料。而第三境，是最难得的，即无意为之，无意得之。一切都在不确定中，这种不确定，便有着无穷的魅力，犹如神赐。

伍映方说这话时，我发现他的脸庞黝黑明亮，闪动着黑陶般的光泽。也许，他已经把自己烧制成了黑陶。

写于 2021 年

活色生香林那北

一想到北北(林岚、林那北),我就会想到"活色生香"这个词,她漂亮,她热情,她生动,她勤奋,她才华横溢,她爱憎分明,她心直口快,她不活色生香才怪。

用事实说话。首先,她是一个作家,已经出版了二十六部著作和《林那北文集》(九卷),在作家里数量也许不算多,但体裁和题材的丰富性却是少见的。长篇小说、中短篇小说、纪实文学、散文、电影剧本,还有儿童文学,据说还写过电视纪录片脚本。涉猎如此之广,也足以见出她的生机勃勃。其中纪实文学《三坊七巷》,从出版到现在一直加印不断。中篇小说代表作《寻找妻子古菜花》发表后引起很大反响,被数家刊物选载,进入了2003年中国中篇小说排行榜。最近刚出版的儿童文学《蜻与蜓》,问世后也是很快加印。

除了是个资深作家外,北北还会画画,而且是画那种很少见的漆画。作家里会画画的人很多,好像除了我都会。但是会漆画的只有她。她的漆画更是活色生香,我每次看到她发出来的漆画照片都觉得美艳无比,估计见到实物就直接亮瞎眼了。有一回她把自己的漆画往墙上挂,挂得很辛苦,就在朋友圈撒娇喊累。我说既然这么辛苦就留两幅给我,我挂到我们家墙上。她说,哈,你想的和你一样美。

那么亮瞎眼的作品,其实我才不敢挂呢,我得保护视力。

除了作家和画家,她还是一家刊物的主编,不只是刊物,是"中篇小说选刊有限责任公司",她是法人。一本刊物成为一个有限责任公司的,据我所知只有他们家。既然是有限责任公司,就不能只办刊物了,需要多种经营。"多种经营"这四个字我会写,内涵却不知。所以她付出最多的还是她的工作。她不是那种坐在办公室布置工作看终审稿的社长主编,而是直接在一线拳打脚踢的老板,盖因他们有限公司人员也有限。新媒体时代迅猛到来,她一点儿不畏惧,马上带领编辑们投身其中,开微信公众号、开抖音、开阅读平台,全都亲力亲为。这也得益于她的学习能力,但凡小青年擅长的事她都擅长,做图片做短视频都有模有样。这么能干,自然就被评为了福建省新闻出版系统的跨世纪优秀人才、福建省的双十佳新闻工作者。

我们接着说。北北除了会写、会画、会编辑、会经营,她还会跳舞,我就问你服不服。当然,她个子高挑、漂亮,不上台是浪费,所以从幼儿园就开始跳了。少女时代跳进宣传队,一直到当中学老师了,还领着学生们跳。宣传队生涯对她影响挺大的,她为此写过一本书,就叫《宣传队,运动队》。

这里可以套用那个俗气的表达,她一定是跳舞里最会写的。一直到现在,她还在跳,是他们小区舞蹈队的台柱子。我看过她的跳舞视频,很专业,虽然肩周炎、关节炎都没放过她,她是戴着护腰护膝上台的,但舞姿依然轻盈优雅。

有一回我们聊起这事,她告诉我,除了宣传队,她还进过体操队、田径队和篮球队,总之长胳膊长腿都派上了用场。她自嘲说她是四肢发达、头脑简单。我说上哪儿去找你这么简单的人。不过一比之下我很羞愧,我的运动神经不是欠缺,是基本没有。不要说跳舞,任何体育项目都不行(仅游泳马马虎虎)。她说她从小就好动,奶奶说她坐没坐相、站没站相,像个猴子似的爬树翻墙。我连忙说我也是呀,我小时候也是爬树翻墙,还钻狗洞,还玩儿火;她说,我的袖口总是破的,新衣服转眼就磨破了;我说我的衣服扣子从来不全,爬树翻墙蹭掉的。这下终于找到共同点了,我俩哈哈大笑。

她开心地说,我陈佩斯这样也就算了,没想到你朱时茂也这样。这里有个梗:我们交往之初,她说自己没个正经,而我却那么正经,所以她是陈佩斯,我是朱时茂。每每我胡说八道时,她就会说,你朱时茂怎么也这样啊。

今年元旦刚过,北北又想出个新点子,让作家们录短视频在刊物公众号上给大家拜年。她让我也录一个,我推托。她说又不让你上台演出,说两句话又不疼。我没办法,只好录了,发给她。很快疫情暴发,大家都没心思过年了,我也把这事忘了。没想到5月份,编辑部寄来一盒茶,过了几天又寄来一盒。我向她表示感谢。她说哎呀呀,本来就是给每个出镜的作家寄两盒茶叶表示感谢的,哪知他们生生分开了寄,寄得像个连续剧一样。

我被她逗得哈哈大笑。北北的语言表达,那真的是活力四射。看她的表达,很容易以为她是个小青年,网络语和她的自创语比比皆是。

比如,某公众号转发了她的小说,她感慨道:"忽见老小说被翻出来,宛若路遇旧日恋人,岁月苍茫,彼此年老色未衰。"又比如:她车子停在车库被擦挂了,肇事者留下纸条道歉并告知联系方式,她看到大为感动,竟然说:"再多剐几次又何妨?我真想打电话去歌颂他(她)。"还比如,她麾下的"有限责任公司"费时一年,终于拿到了网络出版业务许可证,她激动地发朋友圈说:太难了,终于拿到了,简直跟拿到结婚证一样高兴。出去采风看到连绵的山脉,她不赞美其雄伟壮观,而是批评它们"剔除了个性,互相模仿着生长"。

所以与其说她生动，不如说她极具个性，很另类。眼光另类，感受另类，所以表达才与众不同。

但她并不是那种没心没肺只晓得傻乐的人。她也悲伤，她也愤怒，她也怀旧，她也烦恼。疫情期间，她忧心忡忡的，和我长谈过两次，叹息之后，又尽力去做些力所能及的事。我们的一个共同好友家里遭遇不幸，她也和我长吁短叹，然后尽力去安抚。去年某天，她忽然发了一张照片给我，是2006年我们参加作代会时的合影，上面有须一瓜、金仁顺、她和我。我就是那次认识她的。我说，十三年了。她说，真是一晃啊。我说，是啊一晃没了。她说，那时大家脸上都还有胶原蛋白。隔着屏幕，我清晰地感受到了她的怀旧之情。

北北是个爱憎分明的人。当然我也爱憎分明，活到这会儿了，是非观早已分明，但我通常闷着，而她却会勇敢地表达出来。见到一些社会不公或一些蝇营狗苟之事，她常常是怒不可遏，恨不得拍桌子骂人。

我曾不怀好意地问她，你这样心直口快有话就说，你家领导就不批评你吗？她说，经常批评呀，我每次都想以后不乱说了，但每次都忘，我就是按捺不住。

这就是北北。她就像她写的马拉多纳，天真率性，不世故，是个灵魂的多动症者（此定义，版权归北北）。

最后我要假公济私，借这个机会吐她个槽。

若干年前我们在一次活动中相遇，好像是在延边，那是我们第一次一起参加活动，我对她还不太了解，没有防备。草地上盛开的花让我心醉神迷，埋头猛拍，却不料黄雀在后。当我站起身时，她得意地拿手机给我看，她居然拍了我，而且，好傻好难看，我卷成一团窝在草原上，风把头发吹得像鸡窝，猛看就像一堆牛粪。我马上说删了，不许发朋友圈。她哈哈大笑，说已经发了。我去她朋友圈看，真的已经发了，气死我了。她的文字说明是：某人正在专心地拍花。

这就是北北，天真率性，你拿她没办法。

2020年12月1日于成都正好花园

老兵沙蠡

从沙蠡的简历看,他是1970年入伍、1977年退伍的。当他在云南怒江著名的片马风雪丫口守边防时,我还在重庆读书。当他退伍回乡时,我才到部队当兵,所以在沙蠡面前,我是个地道的新兵。当过兵的都知道,部队里新兵对老兵那是绝对尊重的,故每次沙蠡叫我老师的时候,我总是忐忑不安,好像做错了什么。但纠正了几次,他坚决不改,我也没办法了。

不过叫老师都不算什么,毕竟我真是当过三年老师。精彩的是,沙蠡还叫过我大哥。

1991年夏,我们笔会一行来到丽江。中午,丽江军分区盛情款待,给我们喝了一种丽江特产的窨酒,其实就是米酒。那酒甜甜的,一点儿辛辣都没有,我放松了警惕,在主人的热情劝说下喝了一杯。没想到窨酒后劲儿很大,午饭还没吃完,我就倒下了，回到招待所蒙头大睡。

那时沙蠡还在当工人，但已经在《人民文学》等刊物上发表过不少作品了。在我去丽江之前，他也给我们《西南军事文学》投过稿，我看他简历中说曾当过八年兵，且是边防部队的，就比较亲切，稿子虽然没用，但给他回了信，还寄了我们的刊物给他看。这样我们算是认识了。

沙蠡听说我也到丽江来了，就兴冲冲地跑到招待所来看。同行的云南作家尹瑞伟告诉他，裘山山喝醉了，在房间里睡觉。沙蠡说，那我更要去看看她，她对我很好的。尹瑞伟就领他到了我住的楼下，没想到沙蠡一进院子就冲着楼上高声大喊，山山大哥！山山大哥！

满院人都笑起来了。

尹瑞伟连忙拉住他，说你怎么叫人家大哥啊，人家是个杭州美女，比你还小呢。等我从房间出来时，沙蠡已经是脸红脖子粗了。

那个时候的我，的确和"大哥"相差甚远，和大姐都还有距离。沙蠡羞愧地嘟囔说，噢，我一直以为她是男的。

后来每每提及此事，沙蠡都要脸红一次。我倒挺开心。

其实不怪沙蠡，我的名字不像女性，我的字体也不像女性，当编辑时，不少作者给我写信都称我先生，认为我是个男人，何况那天我还"喝醉"了，怎么想都该是个"大哥"的。呵呵。

我从丽江回到成都后，沙蠡又不断寄来稿子，无论我回信说用还是不用，他都不泄气，只是一个劲儿地写，不言放弃也不发牢骚。直到1994年，我才编发了沙蠡的一个短篇小说。在我印象里，那篇小说写得很不错。从他第一次给我们写稿到这篇作品发表，已过去了六年的时间。

后来我得知，沙蠡从十二岁开始迷上创作。仅有小学文化程度的他，完全是凭着热爱和执着走上文学之路的。据说他前前后后投了上千次的稿，也前前后后收到上千次的退稿（其中大概有十次是我退的），被发表的稿件只占他投稿的百分之五左右，年近三十才发表第一篇作品。

一个被退过上千次稿的人至今还在写作，实在是让人佩服。上哪儿去找这样顽强的人？尤其是现在，有了网络，发表作品变得容易了，一些小青年更是禁不住一点儿挫折，你退他一次稿他就会泄气，就会发牢骚，更不要说无数次退稿了。

沙蠡的人生道路也不平坦，工、农、商、学、兵，样样都干过，历经艰辛，吃了不少苦头。可他始终没有放弃文学，干哪一行都把文学背在背囊里往前走。他自己也说，我在创作上没什么才气，完全是靠苦干硬干出来的。沙蠡的这种顽强，我想除了纳西汉子特有的秉性外，就是军队养成的品格了。

如今的沙蠡，已出版了四十四本书，计三千多万字的作品，真是可观！小说、散文、诗歌、报告文学、文艺评论、学术研究，样样都写过。当然写得最多的，还是关于丽江的种种文字，丽江的传说、丽江的典故、丽江的文化、丽江的风景、丽江的今天……可以说为提升丽江的知名度作出了很大的贡献。眼下他已经是丽江文联主席了。

很多人都说沙蠡是个执着的热爱文学的纳西汉子，而我更愿意说他是一个勇敢顽强的热爱文学的老兵。

我以新兵的名义，向老兵致敬。

2006年6月，成都北校场

修改于2007年八一前夕

（非常遗憾的是，就在我这篇文章发表后的第二年，沙蠡在丽江病故。谨以此文怀念他。）

老妹向黎

向黎是我老妹。其实她并不老,比我小八岁,人也长得年轻。因为我和她通信时总是自称老姐,她为了给我面子,也只好自称老妹了。二十多年前我刚认识她时,她正年轻,身材高挑,面容秀丽,百分百的美女。

向黎虽然小我很多,却和我交往很多,盖因为她是《文汇报》的副刊编辑,我是长期被她捏在手里的作者。自2001年认识开始,我们就一直保持着比较频繁的书信往来,信件主题不是"老姐来信"就是"老妹来信",不知道的人看了,还以为是俩白发苍苍的老姐妹呢。

最初认识她时,我先入为主地感觉我们不会成为朋友,理由是,她是上海小姐,人又长得漂亮,还出国留学归来,很洋派;而我大兵一个,长年隅居西南边陲,土里土气。我们一洋一土,合璧很难。

可随着时间的推移,我渐渐发现,她这个上海小姐并不"纯正":首先是出身不纯正,她祖籍是福建泉州,小学毕业后才随母亲到上海和父亲团聚;然后是讲话从来没有娇滴滴的小姐腔,声音略有些沙哑,语速也很快;最后是干起活来颇有劳动人民本色。

这样一来,我们就有了一些共同点:我也是个客居他乡的人,我也是个说话没有腔调的人,我也是个做事比较认真的人。于是我们逐渐成为朋友,革命友谊越来越深厚。

一般人说起向黎,都会夸她聪明漂亮。漂亮是肯定的,毋庸置疑;聪明也是肯定的,还是毋庸置疑。读书读到博士,汉语英语日语都会讲,小说散文评论都会写,其中短篇小说还连续数年上过中国小说排行榜并获得鲁迅文学奖(我们是同一届,这也加深了我们的友谊)。

有一回我们四川作家傅恒跟她一起去韩国,回来就跟我说,你朋友潘向黎很聪明啊,帮我当了好几次翻译呢。我很得意地说,这算什么,对她来说是小意思。

我们一起出去玩儿,她常常随口背诵出与当下景物有关的古诗词,有些诗词很生僻的,让我在佩服的同时暗自汗颜。

向黎还认识很多花草树木,我们走在一起,她总是告诉我它们的名字。让我至今难忘的,一个是红花酢浆草,一个是栾树。

我想说的是,在聪明漂亮之外,向黎仍有很多让我感到意外的地方。第一个意外的是她那么敬业,极少抱怨工作(这点我不如她,我常常抱怨工作带给我的烦恼)。我之所以成为《文汇报》的铁杆作者,就是因为她的敬业。我们之间的通信,百分之八九十都是为了稿子。

向黎不仅仅找我要稿子,还很努力地为我争取利益,比如稿酬上,或其他好事上。我的稿子得了奖,她会主动找人写评论。有些稿子我自己知道并不理想,但由于某种需要,我希望在《文汇报》发表,她也会努力安排。有一次我的稿子得了奖,她也有奖金,她毫不犹豫地请我吃了法国大餐。这么贴心的编辑,我能不认真对待吗?

汶川地震发生时,向黎正在韩国,给我打电话打不通,很焦虑。一是担心我的安全,二是期待我的稿子。一进入国内、尚在边境上,她就发短信给我约稿了。我也确实留了稿子给她(彼此忠诚)。她飞回上海的第一件事就是打开邮箱看稿子。那几天我们联系十分密切,一会儿电子邮件,一会儿手机短信,有时急了就打电话。

那些日子因为我太过劳累,加之余震不断,忙中出乱,错删了一个刚写完的稿子,她急得在上海跺脚,我急得在成都捶胸。后来总算在电脑"垃圾桶"里找到并且恢复了。她收到稿件立即安排版面，之后给我回信说：老姐，请你关掉手机好好睡一觉吧，我真担心你会崩溃。我虽然没执行，但心里还是很暖的。

第二个让我意外的是，向黎与人相处时，常会表现出一种与她相貌不符的懂事来（我的意思是，她那个样子就像是个被宠坏的以自我为中心的美女）。说个细节吧。那年开作代会，向黎因为刚刚失去父亲心情不好，到我房间来诉说。我这人不太会安慰人，看她难过无计可施，就拿出一条尚未用过的意大利丝巾送给她。她很高兴，说正是她特别喜欢的孔雀蓝，还是渐变色。

看她情绪好点了，我很宽慰。事情过去就忘了，几个月后的某一天，我接到她的短信，她说她正和朋友在外面喝咖啡，戴了那条我送她的蓝丝巾，朋友夸好看，所以特意告诉我一声。我美滋滋的，感觉这丝巾送得很值啊。过了大半年，又接到她的短信，说晚上跟朋友看演出，穿了件旗袍，搭上那条蓝丝巾效果极佳，于是再次来告诉我。后来在苏州开笔会，我见面一看，她胸前飘的正是那条丝巾。这一回我觉得不是值的问题了，而是超值。如果是我，收到礼物，当时谢过之后，就再也想不起来了。

我们在一起开过三次笔会，她在我面前总是以照顾我的姿态出现，关心这关心那，偶尔出个小错，总是很自责。尤其近两年,我是说她父亲去世后,她的这种懂事和善解人意越发突出了,真让我有些不习惯。就如同她的小说《白水青菜》和《我爱小丸子》一样,我更喜欢后者,我希望她总是快快乐乐的,没心没肺的。那么懂事倒让我有些心疼。

第三个让我意外的是,作为家庭主妇,向黎也当得像模像样:相夫教子、孝敬母亲。最初向黎告诉我她有了儿子后,我还暗暗担心过,想她一个娇小姐怎么当妈啊?没想到八年下来,她当得很好。记得有一次我请她到四川来参加一个活动,她跟我说,很遗憾丈夫最近外出了,她不能出门。"有了儿子后,我跟你妹夫必须像打铁一样,一个铁锤上去,一个铁锤下来。"(后来这比喻也常被我借用,我们家是因为狗狗)。作为老姐,我当然知道教育孩子不是件容易的事,日常生活,辅导作业,还有家长会,可向黎都做得很认真,偶尔还向我请教。对母亲她也是很孝顺,逢年过节总是尽可能陪伴。

当然,毕竟是个从小受宠的人,辛苦多了也会炫耀一下。今年春节她发短信告诉我:这个节假日我哪儿也没去,前三天陪母亲,后四天辅导儿子做作业。我就告诉她,我也是这样的,天天在家陪父母。她马上说:让我们互颁孝女勋章吧。露出了一点儿娇小姐的尾巴。

还有一次她告诉我,上海电视台正在播我的电视剧《春草》:你妹夫叫我看,让我向春草学习。可是我看了几集就受不了啦,老姐你励志也励志得太狠啦。

我笑坏了,赶紧安慰她:春草那吃苦的劲儿,在全世界劳动妇女里也属罕见,你学不了不要紧的。

我和向黎通信往来已有十年,大多数是电子邮件,偶尔短信,极少书信。内容嘛,百分之八十是为了稿件,剩下的,就是彼此的关心调侃,彼此的表扬夸赞,偶尔也谈一些对人、事的看法。

为了写这篇东西,我专门去翻了邮箱,找出一段时间里我们两人相对完整的邮件往来,时间是 2007 年 9 月,起因是我给了她一篇散文《艳遇》:

向黎来信:

我觉得你真是一个女人,对爱情敏感,写起来也特别有感觉。这样很好,不然人类就让人绝望了。我发现你这篇的主题还是"我在天堂等你",只不过等的时间特别短。

对了,上次在贵州遇到 M,是我第一次见到他。我这个人遇到陌生人也没话说,就说到你,他说你是他的老朋友,而且人很舒服,"没有女作家的那些毛病"。我很不客气地说记不住他的小说,而是喜欢他妻子的,哈哈!不过他对你的评价我是认同的。:)

我回复:

难道你对老姐的性别有过怀疑?

原先也听到有人用"舒服"形容我,看来我的确是土白布啊,纯棉啊,二十世纪五十年代的产物啊。不过,M的小说我很喜欢,喜欢他那种叙述感觉。相比之下,他妻子太大众了。

向黎回复:

听见人家夸你,很开心,还有点得意,好像有我什么事似的。不过我认为你内心还有大片不为外界所知的世界——每个人都有,但你的面积比较大。:)

你是土白布,我争取是泡泡纱,小时候都穿过的。

我回复:

泡泡纱很准确!

依然是纯棉,但有花头。活泼可爱。同意启用。

"内心有大片不为外界所知的世界",也同意。

不是有意不让人知,是没办法……

向黎回复:

一向没有花头啊姐,我比窦娥还冤。

上海今年热死了,不过正好找到理由完全不干活,也不写东西,心情倒有点田园。下次争取杭州见,一起吃饭,喝茶!没有花头有姐妹!

回头看看,这些邮件真是挺有趣的。当时的心情都能回忆起来。可惜还有很多闺蜜私房话我找不到了,不是我有意删除的,是时间长了被网络吃掉了。

我们的通信常常让彼此开怀。向黎读到高兴的文章时,还会念给她的父亲听。她父亲是复旦大学著名学者潘旭澜,我没有见过,但因为向黎,我们彼此已经很熟悉了。记得有一次向黎写信问我:近日春暖花开,气候宜人,老姐有没有出去旅游,或者谈谈恋爱?我回复说:既没有旅游,也没有谈恋爱,天天在家灰头土脸地写小说。真真是辜负了大好春光啊。

向黎乐死了,就读给她父亲听,著名的复旦教授听后很疑惑地问:山山还没结婚吗?向黎大笑,说这是两回事嘛,我还想谈恋爱呢。老父亲更加疑惑了,不解的目光把厚厚的镜片都磨透了。呵呵。

向黎又写信告诉我,我也乐死了。是啊,一向严谨的清醒的教授,怎么能明白整日梦呓的女人呢。

每每想到这个细节,我总是很感慨,并且很遗憾,我没能在潘伯伯健在的时候去看他,和他一起聊天,一起品铁观音。

我是说过要去的，却没来得及。只能在他走后，送上一篮鲜花。为什么我们总是珍惜不再拥有的日子？为什么我们总是怀想已经逝去的岁月？

在质问了自己之后，我打开邮箱，给向黎写信。

我打算把我们的通信，一直延续到我们真正成为白发苍苍的老姐妹的时候。

2010年5月写于杭州

李老师的"文化交流"

李老师,大名李敏儒。我认识他很久很久了,久到我已经想不起他年轻时的样子了。只模模糊糊记得,他当时和另两位同学在四川大学读硕士研究生,是中文系的第一批硕士,含金量很高。而我则在相邻的四川师范大学中文系读本科,我们因一位朋友的介绍而认识。

周末时,我和两位女友常去川大听他们三个学长"谈文学",并怀着崇拜的心情把自己写的小说拿给他们看,请他们指教。但在我们友好往来了一年左右的时候,李老师突然消失了。他的同学告诉我们,说他妻子病重,他来不及参加毕业典礼什么的,就赶回去了。

这一消失,在我这里就是三十多年。中间曾有过通信,大概是二十世纪九十年代中期吧,李老师在国外读到了我发表在

《当代》上的小说，很高兴，热情洋溢地写信来鼓励我。后来我得知，李老师硕士毕业后没有回原单位工作（他是带职带薪读硕士的），那个单位在外人看来是很牛的部门，他主动要求调到大学去当老师。后来公派出国当访问学者，然后在美国读博士，拿到博士学位后，去新西兰大学教书，最后又返回美国，定居美国哥伦布，是俄亥俄州立大学全美东亚语言资源中心的主任助理。

虽然是那么老的朋友，长达三十多年，但我真正熟悉李老师，还是在今年到了美国之后，我在俄亥俄州立大学做了三个月的访问学者。这短短三个月，我深深感受到了李老师的善良、包容、乐观、还有啰唆。

有时我坐在李老师车上听他聊天，心里会暗暗感叹，如果到美国来的中国人都是李老师这一款的，那中国人在海外的地位一定很高。

比如我们正开着车，他会突然刹车，让一个行人过去，尤其在校园里。在美国，很多街道有斑马线但没有红绿灯，这时候车是一定让行人先走的，我很赞赏这一点。但有时候，明明是行人停下了，让车先行，李老师也会刹车让行人先走。我不解，我说："那个人已经停下来了，我们直接过去不就得了？"李老师说："他停下来，是因为他看到我了，他注意到我是个中国人，所以赶快站住。因为有些中国人是不习惯让行人的，给美国人留下了成见。所以越是这样，我越要让他先过，让他知道中国人也是守规矩的、有教养的。"我说："你一个人这么做，能起多大作用？"李老师说："总会有作用的。"

有一回，我们在路边快餐店吃饭，等候时，他很随意地与邻桌的几个美国人聊了起来，笑容满面，呱啦呱啦说个没完。我跟爱莲（他妻子）坐在一边笑。我说："看看，那么快就和美国群众打成一片了。"过一会儿他回来了，我就问他："你聊什么呢，那么热乎？"他说："东拉西扯的，随便聊。他们问我上哪儿去，我说我们去匹兹堡旅游去了。他们就问我是从中国专程来旅游的吗？我说我就在俄亥俄州立大学工作，是中文老师，利用周末出来旅游。他们很惊讶。在这些小镇上，他们没见过多少中国人。我跟他们聊天，就是要让他们对中国人有个亲身了解，知道中国人不再是苦力，很多是有文化的有教养的。我不是为了炫耀自己，我就是想多和人交流，提升中国人的形象。"

虽然我和爱莲都笑话他，但心里还是很感动的。毫不夸张地说，李老师做任何一件小事都会想着自己是个中国人，美国人会怎么看。他会抓住所有机会宣传中国传统文化，不放过任何一个与美国人交谈的机会。我将他的这种习惯称之为"文化交流"。只要看见他在和美国人打交道，我就说："你又去做文化交流了吗？"他从来不否认。

他带我去银行办理业务，也会抓紧时间跟人家聊天，向人家介绍我，说我在军队服役，是一个作家，出版过很多著作。我很不习惯，就说："你别老跟人家阿米阿米（Army）的。"他说："这有什么啊，我就是要让美国人看看，我们中国军人也是高素质的、有修养的，并且是美丽的。"我只好随他去了。

李老师告诉我，这些年中国人的素质有所提高。当然，也是中国的经济实力大大提高了，所以美国人对中国人的态度有很大改变，比过去客气了、尊重了。但还是很不够，还得继续努力。

因为这个，不管工作多忙，李老师都会积极参加当地的公益活动，尤其是与中国有关的义工活动，比如亚洲节、中国节、汉语大赛、中文学校、亚裔参选晚餐等等。这些活动都是无报酬的，而且非常麻烦，很耽误时间。用我的话说，又费马达又费电，纯属自找麻烦。但李老师乐此不疲，还把周围的很多人都带动起来参加。

李老师的善良，也是我到了美国后深刻感受到的。其他不说，就说说他对待家人的好吧。他妻子爱莲曾两度患重病，都是在他全力以赴的照顾下恢复的；不仅恢复了，还生下一个儿子。他的九十多岁的老母亲，从中国到美国，从美国到新西兰，再从新西兰到美国，直到在美国去世，都是跟着他的。无论多忙，他都会陪母亲散步、说话。碰到有意思的活动，他也会带母亲去参加,把轮椅放在车上。那种好,令周围的人无不感动。

照理说,李老师是我去俄亥俄州立大学做访问学者的引荐人,他推荐了我的小说,又推荐了我这个人。我该对他充满感激。可是他的温和的个性和良好的修养,让你一点儿也感觉不出他有恩于你。我跟他说话反而比对其他人更随意。比如我会莫名其妙地把自己的不快转嫁给他,会因为一点小事开罪于他,但他总是笑纳并化解。

有一次李老师邀请我跟他一起去参加学校为学生组织的顾问老师们举办的午餐会(他总是想让我尽可能多地了解美国的方方面面),但那个会是一人一票,没受邀请的人是不能参加的。李老师坚持要带我去,他跟门口登记的人如此这般那般地解释了一通,人家就让我进去了。我很不自在,好像是蹭进来的。旁边的人大多不认识,偶尔有一两个认识的,我也只能和人家说汉语。这时有人向他问起我,大概是看我的胸牌与他们的不一样,李老师便笑眯眯地说:"她是我的客人。请我参加真值,买一送一啊。"

我英语不好,尤其是口语和听力不行。但因为常去超市买东西,对"Buy one get one free"是很熟悉的。我一下子很不高兴,感觉他把我比作占便宜的免费东西了。李老师看出来了,找话跟我说,我还是不理他,简单吃了点儿东西就提前走了。回去后还跟谢老师发牢骚,说李老师不尊重我。

其实现在想来，那次不快，是我自己极大的不自信造成的。如果在国内，我会当成玩笑；但在美国，我很敏感。到美国后，我心理上有很大落差，当我清楚地意识到，我的祖国无论在哪个方面都与美国有很大差距时，心里很难受，而这样的难受（或者自卑），却是以过度的自尊表现出来的，就是一点儿也不能听到他人说中国的不是。李老师为此不得不向我表示歉意，一再说他只是开个玩笑，因为他和那些老师都很熟悉了。我想这其实是我的问题，他不会明白的。他到美国已经快三十年了，差不多跟在中国的时间一样长了。

但是更多的时候，我很喜欢和李老师在一起。因为跟他在一起很踏实，很快乐，不但能增长知识（我听到不懂的英语可以随时问他），还能随时有幸福感，用他的话说，知足常乐。比如他到了停车场，刚好有个空位，他一定会告诉你这个车位是他的好运带来的，他总是有这样的好运。如果恰好没有停车位，他也会找个理由让自己下台阶，绝不抱怨。如果我遇到什么好事了，他更会很夸张地表示羡慕。听到学校的老师同学表扬我，他会添油加醋地转达给我，让我开心。

李老师的人生观是三乐：知足常乐，助人为乐，自娱自乐。虽然我和他只有三个月的相处，但这三乐也极大地影响了我。我现在偶尔碰到巧事，也会想，这是我的好运气啊。

在我想起李老师时，脑海里常会出现这样一个情景：我和李老师走在校园里,看到草坪上围了一圈儿人,在听中间一位说着什么。我问李老师:"他们在干吗?"李老师说:"中间那个在演讲,表达自己对某一问题的看法。学校里常有这样的人,自发地宣传自己的某个观点,听众也是自发的。"李老师接着说:"等我退休了,我也想这样,时不时地到校园里做演讲,专门讲中国的传统文化,讲孔孟之道,讲中国的仁义、和谐、包容……"

我相信李老师会做到的。希望那一天,我也能成为听众。

写于2011年秋

旅美华人老袁的一天

老袁是旅美华人,老袁在成为旅美华人之前,是国内的一位电器工程师;在成为电器工程师之前,是一名普通军官;在成为军官之前,是农村一名普通农民,山东潍坊人。

老袁因为女儿在美国留学,又在美国成了家,遂在退休后和妻子谢老师一起来到了美国,买了一栋房子,外带一大片草坪,还外带一大片树林,过起了田园般的生活。老袁的人生仿佛一个圆圈儿,从庄稼地出发又回到了庄稼地,只是这个庄稼地与出发时的那个已经完全不一样了。但老袁依旧保持着农民加军人的本色,在美国过着很中国化的生活。

我来到谢老师家先问:"我该怎么称呼老袁,是袁老师还是袁工程师?"谢老师说:"嗨,你就叫他老袁吧。"我感觉不妥,可是一见到老袁那憨憨的朴实的笑容,就觉得没有第二个称呼更合适了。于是我就叫他老袁。

老袁退休了,谢老师还在OSU(俄亥俄州立大学)教书,于是家里的一切就归老袁管理,且是军事化的管理。据谢老师介绍,加上我的观察,老袁的一天是这样度过的:

早上六点(这是夏时制,冬天是七点)起床,先上必修课(此处请意会)。接着开始做早饭,同时给我们两个准备中午带的饭,然后锻炼身体一小时,最后吃早饭。

这个顺序是绝不能错乱的,不上必修课不能出门,不锻炼身体吃不下早饭,那相当于出操。当然,老袁的锻炼和出操不一样,是练一套他自己编的体操,有冲拳,有蛤蟆跳。当他每天在门口展示这套动作时,我估计邻居家的美国人一定会认为老袁是在练中国武术。

锻炼完毕,老袁开始吃早饭,同时打开电脑收看新闻,当然是中国的新闻,《第一时间》《朝闻天下》之类。老袁家的美国电视自从女儿女婿走后就没开过,他们每天通过网络收看中国电视,夫妻俩一人一台电脑,各看各的。

老袁看完早间新闻,装了一脑子国内外大事,就下地干活儿去了。老袁在自家门前开了一块地,用栅栏围起来(防动物糟践)种菜。萝卜、白菜、豆角、西红柿、菠菜、韭菜,还有葱、蒜等,品种繁多,不亚于蔬菜种植基地。去年夏天,老袁种的西红柿大丰收,自己吃不完,送朋友也送不完,他就把皮儿剥了,用保鲜袋装起来,冷冻在冰箱里,一直吃到今年。我来了之后还吃到了。

老袁在地里锄草施肥的时候,就开始琢磨早上看的国内外大事,并进行分析梳理,得出自己的看法。尤其是有天灾或者人祸发生时,他会更加忧心忡忡,预测会有怎样的结果,还预测政府会采取什么样的措施。老袁很爱国,任何人说中国的坏话,老袁都会跟他掼,没有一点儿余地。

前段时间日本大地震,这段时间利比亚局势紧张,都让老袁操心不已。他有好几张地图,随时在桌上摊开,戴着老花镜反复分析研究,把那些出事的国家以及人家周边的情况都搞得了如指掌。有时候谢老师进门就说,老袁,今天油价怎么又涨了?老袁就会告诉她,这两天利比亚的形势又紧张了,如此引起了……云云。

可以说老袁是胸怀祖国、放眼世界地干着地里的活儿的人。

老袁他们定居的哥伦布在美国东北部,冬天很长,雨水也偏多,这是老袁不喜欢它的地方。因为这样的气候很不利于种菜,每年到4月中旬才能开始种菜,到了10月又不行了,只有很短暂的耕种期。所以老袁还在花盆里种了很多菜,太冷的时候可以移动到室内,有些种子也是提前在花盆里培育的。我来了之后,偶尔也烧两个菜。只要我问,××菜有吗?谢老师便会回答,老袁种了。几乎没落空过,可见老袁菜品之丰富。

第一年老袁种的菜大丰收时,女儿还住在家里,女儿看到菜园子里绿油油的,硕果累累,就跟父亲说,你这么喜欢种菜,我帮你注册个农场吧。俄亥俄州是个农业州,对农业有特别优惠的政策,只要你种地,政府就给补贴。老袁没有反对。反正是种地嘛。女儿就注册了一个"袁大叔农场"(Yuan uncle farm)。

哪知没过几天,州里的农业局(确切称呼搞不清,反正是管农业的机构)就上门来考察"Yuan uncle farm"了。他们看到老袁的菜园子,称赞他种得好,但是说菜园面积太小(几分地而已),不够农场的规模。问他是否有意扩大。老袁说,俺就一个人,扩大了弄不过来。

就这样,农场没搞成。美国很遗憾地失去了拥有"袁大叔农场"的幸运。

老袁很不在意,他种地本来就是为了打发时间,又不是为了挣钱。刚来时有人给他介绍工作,老袁知道自己英语不行,出去工作存在障碍,但老袁的回答是,我是来养老的,不是来工作的。理直气壮地给拒绝了。

老袁干完了地里的活儿就进屋弄午饭。午饭常常是一个人,所以很简单,吃饱了事。然后是午睡,这个也是雷打不动的。而且老袁的午睡是睡在地毯上的,不枕枕头,这属于他的养生之道,不能改变。

午睡起来，老袁就打开电脑，继续关心国家大事和世界风云。替中国着急，替利比亚着急，替日本着急，替联合国着急，间或骂骂美国（你恁多管闲事捏？）。谢老师说："你吃着美国的住着美国的，还老骂人家？"老袁说："我又不是白吃，我给了钱的，我还纳了税的！"

因为常看电视，天下的事几乎没有老袁不知道的，谢老师和女儿把老袁当成了google，开口就查询。要是老袁说对了，并且头头是道，那么母女俩就会一阵夸奖："啊呀，你真该去给潘基文当秘书啊。"如果偶尔碰上某件事没go出来，女儿就会大呼小叫："哎呀老爸，还有你不知道的事情啊？啊呀老爸，这事儿他们都没告诉你，太不像话了。"连讽刺带挖苦的，老袁一方面嘟囔辩解，一方面就更加注重学习了。

老袁平时话不多，但偶尔冒一句出来，那是相当精辟。谢老师听说吃黑芝麻可以长黑头发，就炒了一瓶每天吃，我来了之后也让我一起吃。我没有信心，吃了几天就说，好像没有作用嘛。老袁在一旁说，要坚持到底，作用就在最后一颗芝麻上。

我大笑，多精辟啊！谢老师说，若干年前，老袁的一个亲戚闹离婚，男的到女方家胡闹，喊着说我要退货！老袁怒火中烧，因为他们已经有俩孩子了，便冲男的喊道："退货可以，拿原装的来！"

如此击中要害的话，不愧是练过射击的人说出来的。

其实老袁是个非常善良的人，见谁过得不好就帮谁。在国内时，他经常拿自己家的东西送人。有一个冬天，谢老师发现他的羽绒衣不见了，一问，原来是老袁把羽绒衣送给了一个衣服单薄的工人。后来给他买了一件呢子大衣，不久又被他送人了。连家里挂的棉门帘也被他取下来，送给一个穷人当了床垫。搞电器维修那些年，常有人在修了电器之后跟他哭穷，他马上就说，算了别给钱了。出门在外碰到乞讨的，老袁从来没有不给钱的时候，哪怕身上只有几块钱，他也会掏出来给人家。这个习惯延续到了美国，在美国见到乞丐，老袁还是会掏钱出来。谢老师常说，俺家老袁心眼儿太好，好到愚昧。

但老袁的这种"愚昧"却让我很感动。

接着说老袁的一天。老袁下午看电视的同时，就开始准备晚饭。晚饭比较认真，以前是两个人，现在加上我是三个人。老袁最拿手的就是烙饼，山东大饼，那可真是好吃。基本上我们每天带到学校去吃的午饭，都是老袁的山东大饼。这些我在美期间的主食，我必须大力表扬并表示感恩。

刚来美国时，老袁不太适应那么空闲的生活，就做山东大饼送到中国店去卖，为此还专门打印了怎样食用大饼的卡片（比如不能用微波炉加热等），并买了食品包装袋包装，取名"袁大饼"。结果袁大饼深受欢迎，一销而空，一些顾客一买再买，还有的买了寄到其他地方去，更有甚者，上门来批量订购。

但老袁就是老袁，他在山东大饼声名鹊起时断然停止了供应。让很多顾客只能咂着嘴巴怀念。人家问他为何不再卖了。他说我又不是来美国卖大饼的，我是来养老的。我卖几回，就是为了让他们知道山东大饼有多好吃。

瞧瞧，这就是老袁。如此一想，我是多么幸运。

老袁做的其他菜，就一般般了，我要是再表扬，谢老师会说我这个人不诚实。但老袁很有原则，不管那菜好吃与否，必须按他的方法做，谁也不能改变。我去了以后做过两个菜，其中一个被老袁认可并学习。谢老师说，你很有面子啊，俺家老袁一般是不接受其他人的做法的。

等我们从学校回来，吃了老袁的现成饭，就去外面走路锻炼，老袁则收拾洗碗。起初我试图帮着洗，因为放下碗就跑，有点儿不好意思，但老袁坚决不答应。我努力了两次未果，就放弃了。后来谢老师告诉我，老袁认为，除了他，其他人洗碗都不干净。这种负责的精神让我暗暗窃喜。

等我们从外面散步回来，老袁已经回到他的卧室看电视剧去了。他坐在卧室的地毯上，靠着垫子，守着影碟机，很享受地看他喜爱的片子。

我来之前，听说老袁喜欢看电视剧，就专门找了些国内热播的电视剧带来，十几部呢，想拍拍老袁的马屁。没想到老袁对我带来的碟子都看不中，原来他只喜欢革命战争题材的。而且在革命战争题材里，又只喜欢有真实背景的，比如写叶挺的，写陈赓的，或者写长征的，等等，这样的片子他会反复看，并对照史实，找出问题。

这里不得不说一下老袁的人生理想，第一个是在某部电视剧或电影里演一个群众演员，这个理想几年前已经实现了，但遗憾的是，他演的那个电视剧播出时他居然没看到，所以理想有些打折扣；第二个理想是买一辆好越野车，这个也快要实现了。老袁最初的目标是宝马，后来改为雷克萨斯。老袁为即将拥有的好车，买好了车上所需要的小东西，比如挂车钥匙的挂链，出远门时要带的热水瓶以及照相机等。在好车没来之前，老袁是不屑于开谢老师那辆丰田轿车的。

老袁看电视剧，一晚上大概三集，不管是什么剧，紧张也罢，激烈也罢，老袁都不会延长时间。他一定会在部队吹熄灯号的那个时间，十点整，啪地关掉影碟机，上床睡觉。如果这时候谢老师还要上网还要看碟或者打电话，那么，就会受到老袁的严肃批评。

老袁只有十点钟按时睡觉，才能够在早上六点钟按时起床。这样严谨的作息制度，是谁也打不破的。

老袁就这么日复一日，过着单调而充实的旅美生活。

写于 2011 年 4 月 19 日

男人瞿秋白

很偶然,我读到一本关于瞿秋白的书——《瞿秋白与杨之华》。从那里面,我忽然知道了瞿秋白的许多故事。它们让我惊讶,让我震动。在我过去的概念里,瞿秋白就是个革命者。而革命者,似乎生来就不同于常人,他们像钢筑铁打似的坚强伟大。现在我却觉得,瞿秋白是个有血有肉的常人。他是丈夫,是父亲,是个男人。

而作为男人的瞿秋白,更让人尊重,让人敬仰。

我想更多地了解瞿秋白,便去寻找他写的书。

在朋友处,我借到了《瞿秋白文集》。里面有著名的《饿乡纪程》和《赤都心史》,还有许多文艺短论。阅读时,我不时地生出这样一种感慨:如果瞿秋白没有投身革命,而是专心地从事文学,那他一定会成为中国现代文学史上最重要的作家之一。他的文字清丽而又睿智,见解独到而又深刻。字里行间,更有一种超越了个人境遇的动人心魄的悲悯情怀。

在今天,在时隔七十多年后的今天,读来真让人伤感满怀。

瞿秋白和他的同志一起,为了他们所向往的理想社会和美好生活而不懈地奋斗着,前仆后继,流血牺牲。尤其对瞿秋白来说,他牺牲的不只是生命,还牺牲了自己作为一个文学家,将大量著作流传于后世的荣耀。

也许他根本就没想过这个问题。

我却不能不想。当我走进一家又一家书店,走过一排又一排书架,见到许许多多名人的文集,过去的和现在的,却找不到一本瞿秋白的著作时,我就想到了这个问题,并深深地为他感到不公。无论是作为革命者还是作为文学家,瞿秋白的著作都不应当被忽视。

但瞿秋白并没有为此后悔。过去没有,现在就更不会了。他的灵魂永远安宁地俯视着我们。他的确很热爱文学,这在他生前就时有流露。但当他发现世上有比文学更重要的事业,有比文学更能改变社会、为大众谋取幸福的事业时,他就毅然放弃了个人的爱好,将才华和青春都一起奉献了出去,且无怨无悔。

我认为这就是男人,了不起的男人。

作为男人,瞿秋白同样有七情六欲,有个人情感。

瞿秋白二十五岁那年,爱上了一位思想进步、充满朝气而又聪慧善良的姑娘,可这个姑娘却回避了他,悄悄地返回了家乡。瞿秋白并不就此作罢,他勇敢地"追"到了姑娘的家乡,坦率而又深情地向她表白了自己内心炽热的情感,并愿意和她一起,去共同解决姑娘身上的失去自由的"羁绊"。

那姑娘,就是后来成为瞿秋白"生命伴侣"的杨之华。

那天,瞿秋白和杨之华一起,来到了她的前夫沈剑龙家,坦荡地表明了自己和杨之华的心意。沈剑龙早知瞿秋白的大名,一直很仰慕他的才华和人品。一番坦诚交谈之后,更有相见恨晚的感觉。其实沈剑龙也明了他和杨之华之间的裂痕已无法弥补,只是觉得面子上还有些下不来。现在面对瞿秋白的坦荡和真诚,他终于表示愿意解除与杨之华的婚姻。于是,三个年轻人在沈家的深宅大院里,达成了世人难以理解的共识。

在1924年11月27日至29日,《民国日报》连续三天刊登了三则启事(实际变更日期为11月18日)。"杨之华沉剑龙启事:自一九二四年十一月十八日起,我们正式脱离恋爱的关系。""瞿秋白杨之华启事:自一九二四年十一月十八日起,我们正式结合恋爱的关系。""沈剑龙瞿秋白启事:自一九二四年十一月十八日起,我们正式结合朋友的关系。"

在纷纷攘攘、人情淡漠的今天,读到这样的启事,你会有一种什么样的感觉?

瞿秋白与杨之华结婚时,杨之华已有一个女儿,叫独伊。

作为母亲的杨之华，对女儿非常疼爱，这是不难理解的。她对瞿秋白说，如果女儿不能和我们生活在一起，我就不能获得真正的幸福。瞿秋白回答说，如果我不爱独伊，我对你的爱就是虚伪的。我会像爱亲生女儿一样爱她，我会让她成长在我们爱的怀抱中。

瞿秋白说到做到，他是个没有一丝虚伪的人。在他的努力下，独伊很快就来到了他们的身边。在以后的日子里，无论工作多么繁忙，多么危险，他都没有忽略女儿。看看那一封封他写给女儿的信，你真的很难相信那不是写给亲生女儿的。

瞿独伊，一个多么幸福的女儿。

瞿秋白在就义前曾写道："我还留恋什么？这美丽世界欣欣向荣的儿童，我的女儿，以及一切幸福的孩子。我替他们祝福。"

由此可以看出，瞿秋白之爱女儿，不仅仅因为她是妻子的骨肉，更因为她代表着美丽的世界，代表着欣欣向荣的未来。他终生未能做父亲，牺牲时年仅三十六岁，可谁能说他不是一个好父亲，一个伟大的父亲？

我从《瞿秋白文集》和《瞿秋白与杨之华》这两本书中见到了瞿秋白。从照片上看，他绝不是个体魄强壮的男人。他看上去是那么清瘦文弱，毫无现代人常挂在嘴上的"阳刚之气"。但他却是个坚强的革命者，是个深情的丈夫，是个坦荡的朋友，是个慈爱的父亲。

他是个真正的男人。

写于 1997 年

牛人的背影

那年我二十岁,回想起来,这种感觉就像是上辈子。

二十岁那年,我因为发表了四篇散文,成为我们部队的"名人",逢四川省召开"文革"之后的第一次文代会,成都军区派五个代表,就派到了我头上。我懵懵懂懂的,稀里糊涂的,准备从重庆前往成都。

这时有人告诉我,重庆还有个年轻女孩儿要去开会,她也发表过作品,让我俩结伴同行。是谁告诉我的?或者说是谁介绍我和她认识的?记忆已一片模糊。

总之,我俩就一起上了火车。她梳俩小辫儿,胸前别着白色的大学校徽,是重庆大学的。年龄只比我大三岁,却让我佩服得不行,用现在的话说,她是个牛人。

第一,她能在恢复高考的第一年就考上了大学,当时她是个农村知青；第二，她考上的还是名牌大学，还是工科（机械专业）；第三，她文理双强，小说也写得很好，在刊物发表后引起很大的反响。一般来说，会写小说的人数学都很差，数不清一二三；若数学好肯定刻板无趣，不懂文学。可她兼而有之，两样都很棒。

她自己也很骄傲，说话声音很大，总是昂着头。在她面前，我简直像个哑巴。火车上我们遇到一个工程师，那工程师一个劲儿地和她聊天，完全不搭理我。后来工程师对她说，你数学那么好，来，我给你出一道题吧，是一道智力题。我的自尊心受到挑战，也提出要试试。工程师这才看了我一眼，给我也写了题。我当时穿着军装，完全是傻大兵一个。女大学生很快解出了那道题，幸运的是，我也解出了，方式还与她的不一样，没丢解放军的脸。

到成都后，我俩是那个会上最年轻的代表，走哪儿都挺引人注目。但因为我自卑，所以一句话不说，像个影子一样跟着她。记得有一回照相，她忽然提出要穿我的军装照，我俩就交换了衣服。可当我穿上她的衣服时，她忽然说，把校徽取下来吧，你不是大学生，戴着不合适。

若是现在，我肯定会说，那你不是军人，穿军装也不合适啊。可当时自卑作祟，我竟一言未发。

也许是这些原因吧，我回重庆后很少和她来往，直到考上大学。她得知我考上大学后很高兴，跑来祝贺，还给我介绍了她在成都的女友，让女友关照我。她是那种典型的心直口快的重庆女孩儿。

我依然佩服她，每每和人说起她就赞个不停。后来我断断续续得到消息，由于她太聪明太厉害，没有男孩儿敢和她交往，她喜欢的一个男生也离她而去了，她很痛苦。有一回我去重庆大学看她，她跟我说，为什么这些男生愿意和我做朋友，却不愿意和我谈恋爱？我回答不出。她又说，他们说我不温柔，我为什么要对他们温柔？我又不爱他们。

大学毕业后，她到成都工作，工作之后又考上研究生。就在读研究生期间，她认识了一个在川大读书的美国青年，嫁给了他，然后去了美国。

我没有参加她的婚礼，当时我刚做母亲，无暇顾及。据说在婚礼上，那些美国青年一见到她全都惊呼："噢，太漂亮了！""啊，美极了！"当然他们喊的是英语，写起来麻烦，我就不还原了。我们这帮中国朋友很不解，客观地说，她不难看，但实在谈不上漂亮，于是我们得出个结论，美国人的眼神儿和我们不一样。

她就这么去了大洋彼岸，带着梦想，带着遗憾。

昨天晚上，我见到了她，我的这位昔日女友。

她是带女儿回国探亲的。

她已在美国住了十八年,完全是美籍华人一个。

我们一起吃了晚饭,然后一起喝茶。她提出找个安静的地方聊天,我们就来到了宽巷子成都画院的院子里。

那院子古朴安静,几棵巨大的银杏树在其间撑出一片阴凉。可惜天黑尽了,显不出古树的魅力。院子里一个茶客也没有,老板娘带我们走进院子时,递给我们一人一把蒲扇,然后在木桌下点了个盘香。这两个道具,一下子将我带回到了久远的年代。

坐了一会儿,另一个女友也匆匆赶来,还带了一袋刚刚煮好的毛豆,毛豆的香味儿在夜色中弥漫,怀旧的气氛比夜色还浓。我们就在这样的气氛里,无拘无束地聊起来,聊我们的八十年代,聊我们的青春、理想和爱情。而她,则用一口地道的重庆话,给我们讲了她在美国的经历。

她依然让我钦佩,依然很牛。

到美国后不久,她即生下一个女儿,女儿八个月时她又去读书,考上了鼎鼎大名的麻省理工大学,先是硕士,后是博士,而且完全改行,学的是电脑软件。一气儿读了五年,拿到了麻省理工大学的博士学位。须知麻省理工大学的博士非一般人能拿下,当然她本来就不是个一般的人。

从麻省理工大学出来后,她即成为一名优秀的电脑工程师,被一家公司高薪聘请，年薪十几万美元，比她的美国丈夫还高。

多为咱中国女人拿脸啊。

当事业、生活逐渐稳定后，她突然开始强烈地思念故乡，思念本土文化，疯狂地租赁国内的影视剧碟片来看，还学古琴，还想在她的院子里建个中式亭子，种上芭蕉，营造出雨打芭蕉的氛围。骨血里的东西终难改变，尽管她英语已经溜得可以吵架。

还有一个重要的决定，就是想重拾文学创作。

关于这一点，有些困难。因为她的工作任务很繁重，不可能搞什么"业余创作"，要创作必须辞职，想请两个月不带薪的"创作假"都不可能。这让她太难下决心了。因为，放弃那么高的年薪，不是件小事，不仅会影响到家人的生活，也会让所有人觉得她不正常。十几万美金是什么概念？就是一百多万元人民币。那可是在二十世纪九十年代。

但在迟疑了两年后，她终于还是下了狠心，辞职。当然这里有她丈夫的全力支持。据说公司老板收到她的辞职信后，气得不和她说话了，但她依然很坚决，她要做想做的事。

辞职后她猛写小说，用英文写，目前已在美国及加拿大的各种纯文学杂志上发表了十几篇小说，并且影响越来越大。她现在开始想的，是写一部长篇。

真是牛啊。

我说的牛,不是她的小说。小说我没读过,要读还得请人翻译。我说的牛,是她敢于把那么不易得来的麻省理工大学博士声誉丢掉,把那么高的年薪丢掉,去做自己喜欢做的事。

这最后一点牛,无关乎智商,而在于心。所以尤其让我佩服。

我们一直聊到深夜才分手。天气依然炎热,没有一丝风。我们把她送回宾馆。看着她的背影,我脑海里忽地浮现出二十多年前的那个背影:我走进文代会的会场,一眼看见她已经坐在座位上了,正低头看书。她穿了件旧军装,军装的背上,是一个长方形的补丁,补丁紧紧贴在她的背上,像一块吸音壁,让她的四周变得安静。她告诉我,那是她自己补的。

一个牛人,肯定会有个不平凡的背影。

写于 2005 年

侠女刘静

2019年4月1日那天,我在云南一个小山村里参加公益活动,突然得知刘静去世的消息(3月30日去世),当时正走在满是泥泞的小道上,我震惊得像要陷入泥潭,简直无法接受。一整天都悲伤难过得无以言说,夜不能眠。接下来的两天,脑子里都是她,也不断接到朋友询问的消息,回复一次,难过一次。

在返回昆明的动车上,我接到她挚友的电话,给我讲了她去世前后的情况,我们都在电话里边说边哭。她告诉我将在四月三日举行小型的告别仪式,我拜托她,还有另外两位北京的朋友,替我给刘静鞠躬,送她上路。

我和刘静原本是作者和编辑的关系,后来成了好朋友。一晃已经二十多年了。刘静虽然做编辑,但她自己的文学成就也很大,她的《父母爱情》可以说是脍炙人口,由她自己改编的同名电视剧,是目前重播率最高的一部。能留下这样一部作品,是她的骄傲,也是我们的欣慰。

刘静得病后,不愿意见朋友,我几次去北京约见都未果。但我们在微信上一直联系,直到今年三月初还有联系。她读了我的作品,或者看到有人夸我的作品,会马上告诉我,她总是把最好的一面留给朋友。真没想到,她就这样走了,太难过了。

回到成都,我翻出老照片(这才发现我和刘静的合影很少)。又找出原来写她的一篇随笔《侠女刘静》,作了一些补充修改。

亲爱的刘静,永远怀念你的笑容。

刘静像个女侠,凡认识刘静的人,恐怕都会认同我这个说法。她说话走路的方式,喝酒打牌的样子,关键是侠骨热肠的做派,无一不昭示着作为一个女侠的鲜明风格。如今的时代,找女侠比找淑女难多了,淑女还能装装样子,女侠怎么装?再者,淑女总能得到一些实际好处,女侠呢,弄不好就会被人指责。比如我,最初认识刘静的时候就不喜欢她,当然她也不喜欢我。她嫌我过于矜持,我嫌她过于张扬。加上认识她之前,我就听到一些关于她的议论。当时我想,我们完全是两类女人,肯定成不了朋友。

没想到在不知不觉中,我们竟成了"哥们儿"。之所以借用"哥们儿"这个男性化的词,是因为我找不到其他合适的词了。现在我们虽不是密友,但偶尔联系一次,总能推心置腹地交谈。我可以批评她,她可以教训我,我有事找她帮忙,从不会觉得有什么不妥——写到这儿我忽然想,刘静还从没找过我的麻烦呢。唯一"求"过我的,就是那年约稿了。

1999年,我在《解放军文艺》上发表了中篇小说《结婚》,刘静看了非常喜欢,马上打电话给我,说你为什么不把它写成长篇?我说本来就是个长篇,这是选了其中一个独立章节发表的,想看看读者是否喜欢。她说太好了,我太喜欢了,你写了长篇给我吧。我推托说,我考虑一下再说吧。

没想到第二天她就飞到了成都!上我家来看我,还送给我儿子两套昂贵的正版游戏光碟。老实说,我第一次遇到这么看重我的编辑,马上就被她打动了。(后来熟悉了我才知道,刘静买光碟不完全是为了"收买"我,她就是喜欢孩子,对孩子出手特别大方。)我把写好的前三章打印出来给她看。她看了,非常诚恳地跟我说,给我吧。我正好要出一套军旅女作家长篇,需要个在前面扛大旗的。你来扛大旗多么光荣啊!我一方面动心,一方面又心有不甘,计较说,你办了两次女作家笔会都没叫我,我就这么把长篇给你了?她说,嗨!你就算是我出门捡的大钱包呗!就不兴我发一回财?

我一下乐了。第一次领教到刘静的口才,也第一次领教到刘静的女侠风格。

后来我终于答应了。用现在时尚的话说：就这样被她征服。这下好，隔三岔五的就能接到她的电话，问写的怎么样。我说你别老催我，我压力太大。她说难道你不知道吗，人无压力轻飘飘，井无压力不出油。我这是为你好！我哭笑不得。有一天我又接到她电话，我条件反射般说，你别催我好不好，我都怕接你电话了。她马上说，今天不是来催你的，今天是六一儿童节，我通知你放半天假。

刘静就有这本事，迅速把你的不快化为快乐。就这么着，在她不断催促鼓励之下，我的小说终于完成了，就是我的第一部长篇小说《我在天堂等你》。书出来后很快加印，很快获奖，很快受到关注，也很快有了流言蜚语。有段时间我被各种莫名其妙的流言蜚语折磨得很苦恼，就给刘静打电话诉苦，她毫不同情，高门亮嗓地说，你看你这个女人，真脆弱，拔出萝卜还能不带泥吗？凭什么你就得要个干净萝卜？！就这句话，对我太管用了。在很长一段时间里，我只要一听到什么不愉快的消息，就会想到刘静这句话，马上心平气和地把泥巴吃进肚里。

后来我常想，让刘静做我的责编，是我的运气。

前不久，我接到去北京做高评委的通知，被告知在机场无人接送，要自己打车去报到。我第一个想到的就是刘静。我给她打电话，毫不客气地说，我明天到北京，你来机场接我吧。

她也毫不犹豫地说，好的，几点？这已经是第三次还是第四次，我让刘静来机场接我了。让刘静接，我好像一点儿也不觉得心里有什么不安或者歉意。我估计很多被刘静帮助过的朋友，都因为刘静的不计较而变得和我一样没心没肺。

回想刘静第一次来机场接我时，才拿到驾照没几天，她开了辆三菱越野。我一边夸她气派，一边坐上副驾。她惊奇地说，呵，胆子不小啊，敢坐前面？她这一说，我才意识到，这家伙手生着呢。但已经上了贼船，我只好假装若无其事地说，这有什么？我这种福将在车上能有什么事儿？她很开心，虽然车开得有点儿晃悠，还是安全地把我送到了。

现在的刘静开车已经很老练了，完全可以边开边聊，边狂笑，惹得我也放肆地"嘎嘎嘎"大笑。我之所以总厚着脸皮让刘静来接我，就是为这个，只要和刘静在一起，我总能开怀大笑，为了年轻，我得缠着她。平时我们见不着的时候，我就给她打电话。在电话里和她一起"嘎嘎嘎"大笑不止。刘静的伶牙俐齿和她的热心肠一样出名，她的反应非常机敏。

说两段经典的。有一回她感叹自己不懂风情，就说，嗨，我们这种女人，就是红杏出墙也没用，噼里啪啦掉一地都没人捡。女友就说，你就不知道伸远一点儿啊，伸到路上去嘛。她说，那也没用，我住在总政大院，你不知道我们解放军路不拾遗啊。女友又说，那你就再伸远点儿，直接伸到富豪家院子里去得了。

她说,那万一是他家用人捡了咋办呢?她的丈夫一直对她很好,但有一回为什么事说了她,她就生气了,气还挺大,跑出门玩儿了几天。我给她打电话时,她正在车上,她说我离家出走了!我就说你不要过分哈,你老公对你那么好。她说我不习惯啊,从结婚我就在山头上占着呢,想睡就睡,不想睡就往山下扫一梭子子弹,没想到他居然爬上来了,还想夺我的枪,那怎么行?

老实说,我看电视剧《父母爱情》时,耳边都能响起刘静的声音,感觉她就在现场。

刘静不仅性格爽朗,还是个美丽的女人,也是个爱美的女人。她会毫不掩饰地夸赞女友的美丽,对我就不止一次的大力表扬。但有一回我们坐在一起吃饭时,她在一边细细看我,然后哈哈大笑说,你也长皱纹了,我终于心理平衡了。真把我乐坏了。

老实说,平时也有人夸我聪明,夸我幽默,但和刘静比,我们已不是小巫见大巫的关系了,而是小鬼见阎王的关系。当然,我知道刘静生活中也有烦恼,而且还不少。只是她说起她的烦恼来从不哭哭啼啼,连哽咽都没有,很难让人同情。

其实那些年刘静的烦恼接连不断,先是自己遇到挫折,还没解决好呢,母亲又病重。她不顾一切的将母亲接到北京来,天天守候照料,母亲还是离她而去了。这对她打击很大,她和母亲感情非常深。母亲去世的阴影尚未散去,哥哥的孩子又出了车祸。她仍是不顾一切地将几乎丢命的小侄女接到北京来,先是天天跑床位,住进医院后又天天跑到医院照料,就像照料自己的亲生女儿一样。就在那会儿我去了北京,她依然去机场接我,依然给我买话剧票看话剧(想想我也够没心没肺的)。打电话时,我并没有听到她的叹息,只是她讲话的声音分贝低了一些。

刘静的热心肠实在少见。每当遇到需要她帮助的人,她从没想过会给自己带来什么样的麻烦,只是大包大揽地去做。我有几次忍不住说她,你也不嫌麻烦,少管点儿不行吗?她说就是,以后我再也不管了。但以后遇到了,她仍会去管。不管这个人是她的家人,是她的同事,还是她的朋友,还是远隔千里的熟人。

那年刘静来成都,正赶上我的一位女友离婚,深受伤害而又无助的女友处于悲伤之中。刘静听说后,第一个反应就是打电话给那个男人,毫不客气地对他进行了责问。之后就带上女友的女儿去吃麦当劳,吃完麦劳后,又去成都最好的商场给女友的女儿买了条非常昂贵的裙子。我不得不再用一下那个蹩脚的比喻,我的善良比起刘静的善良来,不是小巫见大巫的关系,而是小鬼见阎王的关系。

离开北京那天,我和刘静,还有三位好朋友一起吃饭。席间有两位好友对刘静爱酒这件事进行了猛烈的抨击,刘静招架不住，一口的伶牙俐齿全碎在嘴里，饭都难以下咽。我赶紧站出来帮忙，我说，刘静有时候喝酒，完全是为了朋友。单为了寻快活，不会那么喝的，刘静这才松了口气。我知道朋友们说她是为她好，但我真的清楚，很多时候她不是为了自己快活而喝酒的。

饭后，刘静开车送我去机场。正是秋天，阳光明朗，机场路两边的杨树叶已经开始泛黄了。我又生发出人生短暂的感叹，于是老生常谈，劝刘静抓紧时间写点儿东西。我说你看你的《父母爱情》，写得多好啊，你不是不能写，就是不抓紧。刘静很虚心地点头，说自己也正在考虑呢，还说了些构思。

但在机场分手后我突然想，为什么我老要用自己的生活原则去要求她？难道她现在生活得不好吗？不快乐吗？不可爱吗？正如一个朋友说的，刘静不需要创作什么，她自己就是一个作品。

扯远了，根据一般写作文的原则，我此文的结尾应该得出结论。我的结论是：刘静的确是个女侠，她的女侠风格，是建立在善良正直之上的，是最真实最自然的，也是打着灯笼都难找的。

写于 2004 年

2019 年补充修改

生命的秘密

那天去省作协开会,见一个年轻小伙子走进了会议室,一张稚气未退的脸庞上挂着有些腼腆的笑容,手上提了个黑乎乎的沉甸甸的公文包。作协的人跟我介绍说,他是北京某网络公司的职员,专程到成都来,找作家们签网络著作权。

我一听马上意识到,他就是之前给我打了很多次电话的那个小伙子。我没想到他那么小,像个学生。而且我也没想到他还待在成都。我赶紧闪到一边,不希望他过来和我打招呼,但他还是发现了我,也许是因为参加会议的只有我一个女人,他立即对上了号。他走过来喊我老师,我有些不好意思,解释说自己最近很忙,所以一直没见他。他说没有关系,今天见到了很高兴,一会儿可以抽空谈谈。

大约十天前,我接到这个小伙子的电话,说自己是××

公司的，希望与我见面，谈一下网络著作权的事。我一听，马上就推说自己有事，没时间见面。

我那时候不打算和什么网络公司签协议，尽管现在网上到处挂着我的作品，侵权侵得一塌糊涂。可是，要把自己的作品白纸黑字地卖给某一家公司，我还是有顾虑的。现在网络环境混乱，但我相信慢慢会走上正轨的，慢慢会建立秩序的。我若这么匆忙地把自己的作品给随随便便卖了，以后情况发生变化了怎么办？我想再观望一下。这就是我不想签的原因。在此之前，已经有两家网站找过我，我都没答应。

可是这个小伙子好像听不出我的意思，一再要求见面谈谈。我说我没空。过了两天，他又给我打电话，问我有没有时间。我还是说没空，说自己在外面，要过好几天才会回去。其实当时我离成都并不远。又过了两天，他又打来电话，问我回来没有。我索性说，咱们不要见了，我暂时不想签这个东西，他说你再想想吧。于是有了今天的碰面。

见到他本人，我的拒绝变得困难了。电话里面对的是某家电脑公司，现在面对的是个孩子。我甚至马上联想到了我儿子，如果我儿子大学毕业后干这个工作，遇到我这样的所谓作家，一次次地找上门，一次次地被拒绝，那该多糟糕啊。这么一想，我就心软了。原先坚决不签的念头开始动摇了。开完会，我见他在和另一个作家谈话，赶紧走了，好像做了对不起他的事。

黄昏，当他再次给我打电话时，我终于答应和他签了，我再没有拒绝的勇气和脸皮了。晚上我正好要和两个女友一起吃饭，我就让他到吃饭的地方来找我，那里也可以喝茶聊天。他答应了，非常准时，甚至是有些提前来到了我们约好的地方。

于是我就着桌上的蜡烛，签下了两份合同。如此草率或曰如此浪漫的签合同，在我这儿还是第一回。好在只是卖作品，不是卖人。呵呵。

签完后，我说我可以送他回住处，他有些意外，但还是上了车。车上我们闲聊，他果然很小，只比我儿子大三岁，今年刚从北航毕业。我夸他不简单，能考上北航。他老老实实地说，单凭他的高考成绩原本是上不了北航的，是靠了他的体育。他是个长跑运动员，拿过市上长跑第三名。我突然反应过来，今晚他是从住处走到或跑到我们的见面地点的，到之前他给我打电话时，气喘吁吁。他要充分利用他的长腿。

我没有求证这个问题，而是问他怎么会喜欢体育。因为他前面告诉我，他是个从小在农村长大的孩子。我知道农村孩子大都只有干体力活儿的份儿，而没有体育锻炼这个概念。

他说是因为他爷爷。

他说他爷爷曾经是个抗美援朝的老战士，从小就要求他锻炼身体，每天都带他跑步、爬山、做俯卧撑等等。他还说他爸爸并没有当兵，也没有搞体育，他爸爸喜欢的是音乐；他还说他并不是爷爷的长孙，他上面还有两个哥哥，但爷爷就是喜欢带他；还说爷爷身上有伤，是抗美援朝时留下的；还说爷爷回到故乡后，什么补贴都没有，跟爷爷一起参军的战友都有，到去世爷爷也没搞明白；还说爷爷是在他高二那年去世的，没能看见他进大学。

他兴致勃勃地跟我说着这一切，我心里渐渐生出一种很奇怪的感觉，一个本来与我毫不相干的生命，却在今晚突然出现在了我面前，连同他那些生命的秘密，一起出现在了我的面前。

他的爷爷是怎么负的伤？怎么离开的部队？怎么没有得到政府的补助？他为什么没让儿子再当兵？为什么喜欢这个最小的孙子？为什么要让这个最小的孙子进行体育锻炼？难道他希望他当兵？难道他在这个孙子的身上看到了年轻时的自己？

我没有问这个小伙子，我知道我迷惑的也是他迷惑的。或者他迷惑的还没有我多，没有我强烈，否则他不会这么长时间不去弄清楚这些事情。当然，也许他是正常的，我是不正常的。我有职业病，我总是想窥视他人的人生，总是想破解他人的人生。那些人生的秘密，在我看来都是小说。今晚这个孩子仅仅露出了他和他爷爷生命秘密的冰山一角，我相信他们都会是长篇小说的主人公。

我开车把小伙子送到住处，问他没找错吧？他说不会错的，到的第一天，他早上六点便起床，围着这一带跑了一圈儿。果然，我猜得没错，他会充分利用他的长腿。

返回的路上，我看着街上闪烁的灯光和人流，忽然想，任何时候，你都不能说那些陌生人与你没有关联。没准儿哪一天，他就出现在了你的面前，带着他生命中的秘密。

这些秘密，正是生命的魅力所在。

写于2006年8月8日

十分好印象

我一回头,看到坐在我身后的那位,姓名牌上写着"杨勇"二字。心想,这名字也太常见了,爹妈取名的时候显然没用心。于是我跟他聊天的第一句话就是,你的名字太常见了,我有个大学同学就叫杨勇。他嘿嘿一笑说,就是,解放军有位大将也叫杨勇呢。嗯?居然还知道我军有位大将叫杨勇。我心里便对他有了第一分好印象。

我们在一汽大众的成都分公司采访,参观了厂区后,公司方面叫来十几位工人和技术人员与我们进行一对一的交谈。这在我的采访经历中还是第一遭。看来这家公司的管理理念的确比较开放创新。

放眼一看,被叫来参加座谈的,百分之九十以上都是年轻人,那种不满三十岁的真正意义上的年轻人。

也是啊，刚才去厂区参观，看到的跟我去军营参观看到的差不多，全是二十岁左右的小伙子，生机勃勃，甚至能感觉到热腾腾的汗臭味。据介绍，他们的平均年龄是二十三岁。也就是说，他们全部是在我大学毕业之后才出生的，我们之间差一代人都不止。

杨勇就是在我大学毕业那年出生的，1983年。他和其他年轻人不同的是，他是个工程师，生产管理部的物流工程师。我父亲也是工程师，铁路工程师。我知道作为一名工程师，除了要有扎扎实实的知识外，还必须有很强的操作能力，属于那种特别务实的职业。所以一得知他是工程师，我便有了第二分好印象。

第三分好印象来自他的外貌。我虽然不是外貌协会的，但看到一张长得端正的干净的脸庞，还是会感到愉悦的。杨勇不只是端正，可以算得上英俊了，如果他再有个一米八的个子，估计会被影视圈儿的猎头们相中。

第四分好印象来自他的笑容，他笑起来眼睛发亮，没有阴影。当你看着他的笑容听他说话时，就会信任他。从笑容里你可以看出，他的心境不错，工作、生活、情感，都应该没有太大的问题。

可不知怎么，我总感到有些困惑，这困惑是什么，我一时说不清楚。也许在我看来，今天的人无论是谁，都不可能很轻松的过日子。难道他没有苦恼吗？

我就带着那么一点子困惑和他聊天。他说话的语速很快，我只好打开手机录音。免得笔头记录跟不上，他对此没有表示任何异议，显然是个对人不设防的人。

杨勇毕业于山东大学，所学专业是物流工程。他不但是他们家第一个大学生，也是他们家族的第一个大学生；不但是一个大学生，还是一个成绩优异的大学生；不但是个成绩优异的大学生，还是个班长，在大二时入了党，学生干部也。

这三个"不但……而且……"，让杨勇在毕业后马上就被一家大型机床厂聘用了，任总经理助理。杨助理在山东一干就是三年，一切顺利。他说他喜欢山东人，豪爽，讲义气，工作也很顺心，作为一个总经理助理，前景是看得到的。

但是，2010年夏天，他的生活出现了第一个变故：父亲因意外突然去世。作为独子，他不能不为母亲考虑，于是辞去了机床厂的工作，离开了他喜欢的山东，回到四川老家。

忘了介绍，他是四川什邡人。

显然这给了我第五分好印象——孝顺。能为母亲做出牺牲，难得。同为母亲的我，没有理由不欣赏这一点。估计当他谈到这部分时，我一直在频频点头赞许。

但杨勇自己并没有拔高这一举动，他是这样说的："我父亲去世的时候，我在那家企业的合同也正好满了，所以辞职的话,也不至于太对不起原单位。"

杨勇7月初回家料理父亲后事,7月中旬在网上发了自己的简历重新找工作,几乎一天没耽搁,就被推荐到一汽大众的成都分公司。当时该公司正在扩建,面向社会广纳贤才。他七月底去参加了面试,半个月后就收到了录取通知。

命运之神奖励了这个孝顺的青年,我是这么认为的。他顺利地进入一汽大众,成为这个著名企业的一员,其待遇,也高过了他的期望。

说到这里,杨勇笑得很开心,他承认自己运气好。

"运气老好的。嘿嘿。"他用东北话跟我说。后来我注意到,他起码说过三次"老好的"。第一说明他身边的东北同事不少,第二说明他对自己的现状的确是满意的。

我笑了,为"老好的"加了一分。因为通常承认自己运气好的人,都比较通达开朗。不少人是习惯另一种表达的,即遇到坎坷就说自己运气太差了,遇到好事时就说全靠自己努力、坚忍不拔。

从后来的交谈中我听得出,杨勇对他的工作的确是满意的。他说起厂里的事滔滔不绝,从产量谈到质量,从本职工作谈到整个企业的发展,从福利待遇谈到文化生活,热爱之情溢于言表。(比如说到重视质量,他给我举例说,哪怕手刹下面有个划痕都不会放过的,都会检查出来返工。说到文化生活,他说特别丰富，最近还举办了摄影大赛。说到责任感，他说昨天他看到一辆叉车开出了厂区，马上上前过问。虽然不在他职责范围内，但看到违反规定的事就要管，因为"企业的好坏是和我们每个人有关系的"。）

我明知故问道："在这种大型企业工作，是不是很有自豪感？"

他说："是啊，真挺自豪的。有时候在路上看到自己厂里生产的车，会忍不住叫一声，哈，新速腾！特别开心。连我的亲戚朋友都为我骄傲，经常向别人介绍说，这是杨勇，他在一汽大众！"

随着交谈的持续，我对他的好印象已经有了七八分，但并没有感到太多的欣喜。这是写小说的人落下的毛病：总喜欢有点儿起伏和波折坎坷。可我们的访谈却一顺儿地铺开：努力工作，团结同志，热爱企业，孝顺父母……坐在我面前的，是一个端正的不能再端正的青年了，就好像他是他们流水线上出来的产品，样样合格。

比如我问他："你们厂的青年工人，一半是东北人，一半是四川人，大家能玩儿到一起吗？"

他回答："可以玩儿到一起的，没有太大矛盾。因为四川招的工人也要先送到长春去培训一年，对那边的生活习惯什么的，就熟悉了。有些语言能力强的，回来一口东北话。"

我又问:"同样是年轻人,你是工程师,他们是流水线的工人,相处得好吗?有隔阂吗?"

他回答:"很好相处啊。虽然我跟他们工作不同,但我和他们的命运相仿,都是出身贫寒,要靠自己努力。其实不管你做什么,自己不要把自己看成高人一等就行了。"

看看,回答不但在理,而且在情。

在我们一个多小时的谈话里,他的笑容始终没有退去,一直在脸上挂着,只是根据话题的不同变换一下舒展的程度而已。

比如当我问到他有没有女朋友时,他的笑容就大幅度展开了,而且两眼放光:"我已经结婚了!我妻子也是什邡的,我们是大学同学。不过她是学医的,牙科医生。我们原先不认识,进大学后有同学介绍就认识了,很谈得来,就在一起了。现在她在什邡工作。"

嗯。还有一个很称心的妻子。

从婚姻,我们的话题迅速转到了房子,毕竟那是结婚的硬件。

"我还没买房子。你晓得的,现在房子好贵哦。"杨勇坦率地说。

我说:"就在龙泉买嘛,我这一路过来,看到龙泉好漂亮,路边绿化非常好。"他说:"是这样打算的。不过龙泉的房价现在也涨起来了。我们有同事买了,八千多一平方米呢。"

我暗自一算，压力的确够大的。

但他依然笑眯眯的，没有发牢骚。他告诉我，他在龙泉租了个临时住所，每个周末回去跟妻子团聚。

我问了最后一个问题，很落套："那你对自己有什么规划吗？"

没想到这个问题，终于让杨勇同学的脸上掠过了一丝愁绪，尽管还是在笑，但笑容没那么明朗了："说实话，谈到今后的规划，我有点儿茫然。原来在那个厂，前景很明确，现在好像有点儿不明确了。"

但他马上又自我开导说："人生嘛，就是波澜起伏的，有高峰肯定有低谷，现在我算是在波谷吧，波谷之后就会有波峰，我相信我马上会往上走的。不管怎么样，我先把当下的工作干好再说。"

这真让我没话可说了。

我终于放弃"找茬儿"的打算。对于这样一个青年，我没有道理非要找出他的"坎坷"或者"负面"来。毕竟我不是在写小说，我是在面对一个真实的人，这个人他努力工作心情愉快，我应该为他感到高兴才是。

没有了目的性，我就跟他闲聊，比如业余时间喜欢干吗。

"我喜欢运动！篮球、乒乓球、羽毛球都喜欢。有空我就约朋友去打球。"杨勇笑容满面，"我还喜欢看电影，我跟我媳妇有个约定,每个月都看场电影。"

这最后一句话,让我给杨勇同学加上了第十分。

为什么不能给满分呢?

我们努力学习,努力工作,成家立业,都是为了追求快乐的生活。而杨勇,他已经很快乐了。

写于 2012 年 7 月 13 日

十年朱苏进

当一位编辑朋友让我写写朱苏进时,我猛然意识到,我和朱苏进已经认识十年了,忍不住感叹一句:光阴似箭。

十年前的春天,即1984年4月,我应《昆仑》杂志社邀请去北京参加笔会,一下认识了好几位军队作家,都是些当时在文坛挺走红的血气方刚的年轻军官。这其中就有朱苏进。

朱苏进留给我的最初印象是踌躇满志,无论是对自己的创作还是对家庭,都处于十分满意的心态。这也难怪,那年他的夫人给他生了个漂亮女儿,而他的中篇小说《射天狼》在得了全国奖后,又被改编成电影《道是无情胜有情》。我还记得我们借住在国际关系学院时,学院的黑板上就写着"今晚放映故事片《道是无情胜有情》"。当然,朱苏进假作不在意的样子,没有去看,也没在我们面前提。而且每当大家热血沸腾地谈文学时，他总是不大吭声，好像不善言辞似的。可平时闲聊，他却能说出许多让人捧腹的俏皮话，与他平日里的严肃样子很不协调。

有一回在食堂吃饭，黑板上写着"从今日起，您可以用面票买米饭吃"。朱苏进就发感慨说："北京人真是有礼貌，总是您那您这的。要是骂人的时候也说'您他妈的'就更好了。"大家都忍俊不禁。还有一次他发感慨说："我去故宫参观，发现一个有趣的现象，就是进厕所的钱和参观珍珠馆的钱相同，都是两毛。这说明人体排泄物与珍珠具有同等价值。"每每听到他这些高论，我都忍不住要笑。这种时候，你很难相信他会写《射天狼》这类极严肃的东西。

那次我们在一起待了半个多月吧。不过如果没有后来的交往，我们还成不了朋友。因为那时我觉得他太得意了，而我又很不得意，哪有那个宽广的胸怀去和得意的人做朋友呢？

时隔两年，我在昆明又意外地见到了朱苏进，他刚从南疆前线回来。他在创作上继续走红，又有两篇作品获得全国奖了。一个是中篇小说《引而不发》，仍是很阳刚很男性的军事题材；一个则是有些儿女情长的《轻轻地说》，写的是女儿出世给他带来的巨大感受。据他自己说，这篇后来被许多人尤其是女性称道的小说，是他利用元旦放假两天的时间，一个人躲在办公室里写成的。

不过这一次他的得意表现得很克制，可能是在前线受了教育的缘故。他在前线的一个多月里，没像别人那样在老山、者阴山的猫耳洞里转，而是一头扎进了火葬场，每天看尸体火化。一两个月待下来，装了一脑门子尸体。我当时在昆明办笔会，参加者都是我们军区的业余作者，我就把他请到我们笔会上来。一是想让他给大家谈谈前线见闻，二是想让他传授一点儿创作经验。可他人是来了，却全然没有当老师的意思，整天和几个年轻作者甩扑克，一边甩一边狠劲儿地抽着烟，他总把烟叼嘴上，烟雾弥漫着整张脸，好像那张脸还不够黑似的，下力气地熏。其实他是装了一肚子的感受，不愿多说罢了。偶尔提到前线，他就会显得非常亢奋（我想那可能是太多的尸体刺激的），用极为夸张的手势作极为简要的叙述。几天后他思家心切，买到回南京的票就打道回府了。走时我一再嘱咐他，回去后若有空，给我们刊物也写点儿东西，他一口答应了。

后来，他以前线采访者的亲历，写了一个非常独到的战争题材小说《欲飞》。同时，他也真的给了我们刊物三个小短篇，其中一个后来还被《小说月报》选载了。我觉得他挺够朋友的。

因为觉得他够朋友，我就开始麻烦他了。朋友是可以麻烦的。我的老家杭州离他们南京很近，每次回去探亲，我就在他们南京转车，让他给买车票，并且接送。反正他也刚好有那么一点儿权力：创作室主任。几次中转，我自然而然地认识了他的夫人和女儿。夫人很文静，高挑的个子，还有比朱苏进高一大截的学历,在南京市文化局工作。女儿极漂亮,一位朋友曾跟我形容说,他女儿的眼睛像"琥珀"。我就仔细注意了一下,果然不负此形容。"琥珀"诞生在秋天,朱苏进生怕埋没了自己的作家天才,给其取名为"浅秋",让我忍不住一阵啧啧。

他和夫人请我们一家吃火锅,很隆重地弄了一桌子菜。味道我忘了,但那份隆重还记得。后来他来成都,我和丈夫也以火锅回报,却不是自家弄的,而是进了火锅店。朱苏进大约是头一回吃四川火锅,大为惊叹。而且最惊叹的还不是味道,而是"桌子中间挖一洞,怎么想出来的"?

那几年他创作热情高涨,几乎是写一篇成名一篇,这儿转载那儿得奖的,把一个本来就不谦虚的家伙捧得更不谦虚了。偏有些崇拜者还成天价地给他写信,落款常是四个字:朱苏进迷。他一说起这些,笑声就随着话音往外泄漏,堵都堵不住。不过他也没有堵的意思。有时我跟他通电话,问他近况,隔着千里电话线我都能感觉到他已经骄傲自满得一塌糊涂,好像从来就没有情绪低沉的时候。我出于嫉妒,就很恶毒地说:"你一得奖,就跟淋了一瓢大粪似的枝繁叶茂"可他对这种不好闻的形容一点儿不计较,连连说:"是的,是的,咱们又茁壮成长了一大截。"

1991年秋,朱苏进的第一部长篇小说《炮群》出版,在读者中又引起了极大的反响。特别是那些军事院校的学员们,对这部反映炮兵部队现代化建设的军事题材小说推崇备至,觉得他塑造出了真正的理想的军人形象。但评论界对此似乎评价不高,还有些表示失望的话。我听到后想,这下朱苏进恐怕要情绪低落了。

不料当我在电话里很婉转地说起这事时,我听到的仍是他不加克制的得意的笑声。他说:"我自己觉得不错,读者觉得不错,别的嘛,由它去吧。出版社还等着我写下一部呢!"

后来他果然很快写出了一部具有科幻色彩的表现未来战争的小说,让他的崇拜者们喜出望外。从这部由三个独立中篇组成的长篇小说中可看出朱苏进骨子里的军人素质。

从开始创作到现在,他的作品百分之九十九是军事题材,总是离不开战争、离不开军队。并且他和许多军队作家一样,非常热爱我们的军队。即使后来他写了许多所谓有"阴暗面"的作品,也仍然不能作相反的证明。他自己也不否认他对军队的感情,他的父亲就是一名老军人。但感情的表达方式是多种多样的,赞美是一种表达,批判也是一种表达。所以当有人因此误解他时,他会感到遗憾,但并不气馁。因此,即使在最不好的日子里,他的笑声也仍然是开心的、坦荡的。

1992年夏,我们编辑部邀请朱苏进和另外两位军队作家去西藏,由我陪同前往。朱苏进对西藏向往已久,几年前曾雄心勃勃地梦想开着摩托车从青藏线驶进去。虽然这个计划没能实现，但对西藏的向往依旧。跑在西藏的大地上，无论车开多久，他都凝视着窗外，好像永远没有看够的时候。

在到达边境亚东沟时，陪同我们下去的西藏军区作家薛晓康病倒了，发高烧。大家走了一天山路，都非常疲劳，但朱苏进还是主动表示由他来照顾病号。病号上厕所，他就扶着病号去，然后站在外面等，还时不时地喊两嗓子，怕病号晕倒在里面。薛晓康后来写了篇散文，很感动地说到了这事，他说自己最佩服的作家，竟站在茅厕外面等自己……恨不得"噫吁兮"一下。

其实1991年我们一起参加《昆仑》编辑部举办的笔会时，我就意外地发现了朱苏进这一优点。说意外，是感觉他不像这样的人。别看他平日里对人爱理不理，但真遇上什么事，他很有爱心。当时笔会上有一位比较胖的老作家，睡觉打呼噜不是一般的厉害，连隔壁房间都能听到。想想每天都要长途跋涉，大家都怕和他在一个房间睡。可朱苏进从一开始就主动表示他愿意和这位大哥一起睡。他说自己的神经比钢丝还硬，不会受影响。于是，在整整一个月的笔会中，他都是伴着呼噜声睡觉的。

我问："你真不受影响？"他说："那不可能，但总不能让别人为难吧。"我表扬说："你还不错嘛，像雷锋同志那样把困难留给自己，把方便让给别人。"他一听又忍不住得意起来："说的是，咱们的优点多着呢。"

他就这样，总是自我感觉良好。

但那次我们在西藏，还是有一件事对他打击比较大。

那时朱苏进已迷上围棋，并且凭着聪明，棋技提高很快，于是在他自吹自擂的内容里又增加了一条。一会儿说是代表什么队赢了谁，一会儿又说当年曾好为人师的××现在不让子不行了，我似信非信。有一回我见到一位也是从来不谦虚的作家，说在北京和朱苏进对弈，赢了朱苏进。我特意问朱苏进是否有此事，他很诚实地承认了，叹气说："我主要是受不了他的'长考'，他每走一步棋都要想一支烟那么久，跟小老头似的！"

在西藏，我们又见到了这位喜欢"长考"的作家——诗人于斯，他就在西藏军区创作室。朱苏进摩拳擦掌，说要报仇。可连下几盘，仍是战绩不佳（偶尔胜一回）。他的自尊心受到了很大的打击。我在一旁幸灾乐祸，想看看他怎么下台。但见他眉头一皱，"台阶"就找到了："缺氧缺氧，我这肯定是缺氧造成的，属于高原反应。他（指于斯）一直在拉萨，当然早就适应了。"

我们，包括于斯，都对他找的这一台阶表示了认可。因为进藏后别的人都头痛、胸闷、喘不上气，就他跟没事儿人似的。总得允许人家也有点儿反应吧！

这两年我和朱苏进联系少一些了，但仍有他的好消息不断传来。

前年他发表在《上海文学》上的中篇小说《金色叶片》，在上海第一届中长篇小说大奖中，名列中篇获奖作品榜首；今年他又第二次享此殊荣，发表在《收获》上的中篇小说《接近于无限透明》，再次荣登此项大奖的中篇榜首。然后他又写出了他的第三部长篇小说《醉太平》，仍是军事题材。不过这个写机关大院的长篇，给他惹了些小小的麻烦，也不知后果严重否。打电话问他，他永远都是精神饱满、自我感觉良好的样子，我也就懒得替他担心了。

他的最新作品，是发表在大型刊物《大家》上的中篇小说《清晰度》。他对这一作品仍感觉良好。可惜我还没看着，无法证实他是否属于盲目得意。

当我打电话告诉他，有编辑约我写一篇他的印象记时，他很吃惊，说你会愿意写这种东西？我说我有什么办法？约的人是朋友，写的人也是朋友，我要不写，不是一下得罪俩朋友？他乐了，说那就委屈你了。我说委屈倒说不上，你快寄张照片来吧，人家编辑还要配照片。

这一说，他的声音里又露出得意了，说，哎哟，这几年我的照片都给编辑们拿得差不多了。每次采访都找我要，用了又不还。

我满怀醋意地打住他说，我不管那么多，总之寄一张来。

这就是朱苏进。你可以嫉妒他，却无法轻视他。因为他的良好感觉,并非建立在缺乏自知之明的盲目上。更何况当他独自一个面对电脑时,照样眉头紧皱、烟雾弥漫的。

最后我问他:"今后在创作上有什么大计划吗?"他竟然很老实地说:"没有,走一步算一步吧。"

看来朱苏进同志也有谦虚的时候。

写于1994年9月初

补记:

就在这篇印象记完成后,朱苏进创作了电影剧本《鸦片战争》,影片获得了巨大成功,用他自己的话说,"与电影有了一次愉快的遭遇"。此后他便在小说界销声匿迹了,令许多喜爱他的读者痛惜,也招来我等朋友的指责。但他还是奋不顾身地跳进了影视圈。偶尔在某个文学活动中碰到他时,他总是沉默寡言,在一旁吞云吐雾。那个时候也有各种关于他的非议,其中一条是,挣了钱,就戴个大金链子。我感觉这不像他,见到了就问他。他一点儿也不生气,淡淡地解释说:"我颈椎出问题了,那个是个磁疗链。"

后来又遇到了一件好玩儿的事,也顺便写上。有一天我在大院里散步,遇到军区一位部长,这位部长虽然行伍出身,却酷爱读文学作品,是朱苏进的铁杆粉丝。遇见我,大谈他读了朱苏进的小说《醉太平》的种种感受,希望我转达给朱苏进。

我嫌麻烦,就把朱苏进的电话告诉了他。第二天晚上散步又遇见,部长忐忑不安地告诉我,他上午给朱苏进打电话,朱苏进声音低沉,不怎么回应。他说:"是不是他在创作时被我打断了?"我看部长碰钉子的囧相,就打电话过去批评朱苏进,我说:"人家是我们这儿一个爱好文学的部长,你咋个那么冷淡?"他委屈地说:"我在睡觉呢,我都没听清是谁,早上四点才躺下。"后来朱苏进为弥补自己的怠慢,寄来一套刚出的文集,送给这位粉丝部长。

今天是2001年年底,在我整理这篇文章时,电视台正在热播由他担任编剧的电视剧《康熙王朝》。凡读过朱苏进作品的人,都能从中清晰地感受到他尖锐的语言风格和对人物入木三分的刻画。连我这个从不爱看帝王戏的人都看入了迷。我打电话向他表示祝贺,他又恢复了以往开心的笑声,说那不过是一次小小的施展。他谢绝了所有采访,甚至谢绝了即将召开的全国作代会,继续闭门写作,为中国电视剧事业的繁荣兴盛作贡献。

但我还是期待着他回到文学上来。特别希望再读到他的小说。

2001年12月补记

谈笑间，海菲龙腾虎跃

—— 追忆老友陈永宁

这题目，一看就知道我是从苏轼他老人家那儿拾来的。我向来不以拾人牙慧为耻，要想创新，那不是一件容易的事。

我的闺蜜川妮要我写写陈永宁（头衔是成都海菲企业有限公司董事长），我脑子里马上就出现这句词：谈笑间，樯橹灰飞烟灭。这是苏轼写赤壁之战时，形容周瑜足智多谋，说说笑笑就打了胜仗。但如果我要说陈永宁说说笑笑就把生意做大了，把事业发展了，他肯定不会同意，他肯定会说，哪儿那么容易哟，你不晓得我费了好大的力气哟，你不晓得做成一件事好艰难哟。

我的确不晓得，因为我看到的陈永宁总是开开心心的，不仅自己笑，还总是让别人笑，像我这样的人，也经常笑得直不起腰来。你跟他一起聊天，觉得他好像从来没遇见过什么烦心的事。

川妮叫我写陈永宁,是因为她知道我和他是大学同学,我们同为四川师范大学中文系学生——我想我有必要把我们学校的全称写出来,以便让陈永宁同学再次为母校争光。同时我们还是中文系团总支委员,所以很早就熟悉了。如果我谦虚一点儿的话,还应该说他当过我的老师,因为他是七七级的,我是七九级的,他毕业留校时我还是学生。不过我从不把他当老师看,因为他是七七级里年龄偏小的,而我读大学时已经当过三年兵了,是七九级里年龄偏大的。

1983年我们毕业,同学们准备排个话剧以示纪念,话剧的名字叫《这里不远是圆明园》,我应邀参加演出,饰演班长。其中有个很喜剧的角色找不到合适的人,就特邀了当时在校团委工作的陈永宁友情出演。我就是从那时起,领教到他说学逗唱的本事的。每当他上场大喊一声"班长,我买到牛仔裤了",我总是笑得忘了台词,令排练中断,导演不得不客气地批评陈老师两句。陈老师一脸无辜地说,我又没笑,是她自己要笑的。

大学毕业后我离开了川师,再也没见到过他,只是常从同学们那里听到他的消息,知道他在读研究生,研究深奥的美学,拿到硕士文凭后就开始给大学生们上课,成了名副其实的陈老师,还很快成了硕导。又过了些年,听说他离开大学下海了,做电脑生意,再后来听说他又从电脑行业转到了音响行业。

就在这时候，1993年吧，我见到了他。我是在成都经济电视台见到他的，我们同时被著名主持人李潘邀请去《聊天33》做嘉宾。他的变化让我吃惊，脸上多出个下巴来，清瘦的白面书生成了富态的老板。但性格还是没变，一见面就摇头晃脑地冲我说："十年生死两茫茫。"把一句无比悲伤的诗说的像儿歌一样。

那正是我毕业离校的第十年。讨论话题时，他又把大家逗得大笑不止。印象最深的段子是，他去上海出差，进了锦江饭店，吃惊地发现房价超贵。他刚刚开始创业，银两紧缺，想赶紧走，可是前台小姐已经看到他了，态度很好地问："先生想订房间吗？"他只能装傻，指着房价板的最后一排说："我要加床，一百元哇？"小姐很耐心地说："先生，那个加床，是你订了客房后才能加的。"他说："你随便给我加到哪个房间都可以。"估计那位小姐要用尽全力才能憋住笑。

我们一起做聊天节目那年，刚好是陈永宁的海菲公司创业的第一年，他正忙得不可开交，所以很多次录制节目他都到得最晚，让我们一群人傻等。我们群起而攻之，纷纷谴责，他马上说，我请大家吃饭，我请大家吃饭。所以买单的事是经常发生的。即使如此，只要电视台邀请他，他还是会欣然从命，在百忙中抽出时间来出镜。用他的话说，这也是为了提升公司形象。后来因为太忙，他终于"息影"了。

1996年春天,李潘又找到我和陈永宁。那时她的谈话节目很成功,被邀请去中央电视台《半边天》栏目作主持,搞一个"三八"节大型谈话节目。她想让我们再与她合作一把,估计是觉得北京人生地不熟,和我们俩已经熟了。我们分别答应了,约好一聚。陈永宁又很绅士地提出买单。我猜想,老同学这两年生意一定做得很顺吧。

哪知一见之下我吃了一惊,两年不见,老同学竟然白发丛生,我说:"你怎么了,公司不顺吗?"他说(如果用文学语言应该是,"他轻描淡写地说"):"就是有点儿不顺,年底前公司出了两件大事,一个是车祸,一个是火灾,整凶了。"但说完之后他马上就转移了话题,开始讲笑话,一个接一个,不只是我们笑弯了腰,连那位给我们上菜的服务员小姐都笑得端不住盘子了,竟放在地下跑了出去。

这里顺便转述两个陈永宁讲的段子。有一次他在一家新开张的快餐店吃饭,店名叫"唐人快餐"。店家找来电视台采访宣传,主持人环绕一圈儿,发现一个穿西装戴眼镜的男人在吃饭,估计是文化人,就上前采访。"先生,请问您为什么在这里用餐?"文化人陈老师抬头看见摄像机,马上用地道的中江话说:"孃孃,我是上了当的哟,他们说有唐人排骨,我从来没吃过人排骨,想尝一下,结果一吃是猪排骨的嘛。"话未说完,拿话筒的主持人和扛摄像机的小伙子都笑得蹲到地下去了。

还有一回也是吃饭,他在一家小店要了一碗汤圆,小店生意忙,半天没给他上,他拉住服务员用遂宁话说:"请问我那碗汤圆炖趴没有?"服务员也是笑喷,马上给他端上来了。

似乎一到吃饭的时候,陈永宁的幽默细胞就特别活跃。我们三个人那天吃饭也是如此。当时点了一个基围虾,不知为何迟迟上不来。陈永宁一脸诚恳地对服务员小姐说:"小姐,你劝它们一下嘛,劝它们出来嘛,我们等了好久了。"小姐莫名其妙地看着他,不知劝谁。陈永宁认真地说:"就是那些虾子,你劝它们出来嘛。"小姐忍俊不禁,扑哧一声,差点儿把手里的盘子打倒。

我在哈哈大笑的同时,心里却不得不佩服我的这位老同学,遇到那么大的挫折,依然能谈笑风生,没有一声叹息,让我等喜欢叹气的人感到惭愧。套用毛主席的话说,一个人笑对生活一天并不难,难的是一辈子都能笑对生活。

不过据陈永宁自己说,他在公司里蛮严厉的,也是要训人的。我想象不出他严厉的样子。在我看来,他永远都是开心的、乐观的、没个正形的。偶尔不讲笑话时,他会朗诵诗。他能背诵很多古诗词,也能背两首席慕蓉的抒情诗,音色很好。

六年时间,陈永宁就这么说说笑笑的,将昔日只有几万元钱身家的海菲音响公司,办成了今天有着数千万资产的海菲企业,集软件、硬件、广告、杂志四大板块于一身。尤其是今年，他们公司推出的"天音老唱片"销量很好，不仅为公司增加了一笔收入，更主要的是提升了公司的文化产业形象，而且还了了他的宣传队情结，可谓一举三得。他也送了我一套老唱片，我很喜欢，我的朋友们也很喜欢，于是他又邀请我去电视台做节目，专门聊老唱片。起初我不肯，我是个音乐盲。后来禁不住他软磨硬泡，还是去了。节目播出后反响不错，他打电话给我，高声大气地说："你的功绩真是'罄竹难书'啊！"

这就是陈永宁，你没法儿和他严肃谈话，但你又没法儿不认真听他谈话。我相信如果不是他的普通话太歪，肯定会有许多相声大师来争着要他的。不过他自己并不觉得自己的普通话歪。那次我们到中央台做完谈话节目后，他拿着几百块钱报酬对李潘说："这个钱比做生意好挣多了，我以后懒得办公司了，我就挂个牌子蹲到中央台门口，牌子上写着：本人适合在各栏目聊天。"

遗憾的是，中央台各栏目至今还没得到这份儿荣幸。

写于 1998 年

追记：

2023年4月23日下午，突然听到老友陈永宁去世的消息，非常震惊。尽管在此之前已经知道他的身体不太好，但依然不能减轻这种震惊。因为在我脑海里，他永远都是生机勃勃、谈笑风生的。

我和陈永宁是老同学、老朋友，还曾经合作过。故不断有朋友将他去世的消息发给我，我就想写点儿什么。忽然想起曾经写过一篇他的印象记，是1998年写的。于是在资料里翻找，竟然找到了。重读旧文，我在难过之时还是忍不住笑了，陈永宁就是个能给人带来欢乐的人，他不仅饱读诗书，而且风趣幽默。我相信，他也是希望我们一想起他就笑，而不是哭哭啼啼。

2005年，多年不联系的陈永宁又找到我，他的天音公司将我的长篇小说《我在天堂等你》改编为电视连续剧。我们再次合作。当剧组在康定拍摄雪景时，他一定要我去"探班"。我去了，记忆中冻得要命，留下了几张珍贵照片。电视剧完成后，我觉得有些不尽如人意（作家总是更偏爱自己的作品），可是一想到拍摄如此艰辛，就啥也不说了。电视剧播出后，还是感动了很多观众，并且获得了全国"五个一工程"奖。

之后我们又失去联系，各爬各的坡。一晃到了2021年，再次重新联系上。陈永宁加了我的微信后，还是以那句"十年生死两茫茫"开头，这回还加了一串泪。

确实让人感慨，十年又十年，我们都老掉了。他告诉我他还在做影视，想改编我的儿童小说《雪山上的达娃》。本来我想好好跟他谈谈版权费的，却意外从一个老友那儿得知他身体很不好，于是觉得有必要支持一下。我跟他说你先做，版权费以后再说。他就去申请立项了，还时常和我交流想法，打算拍成什么风格，请谁来当导演，等等。

直到去年秋天他还发信息告诉我，说立项不太顺，让我去找找有关方面的人。我遵嘱去找了，尽力帮忙。那时我们约好，立项批下来就见个面。哪知没有等到这一天，十年变成了永远。

我收到陈永宁的最后一条信息，是今年春节的拜年信息，我只是应景的回了一句兔年大吉，却不料……我把这篇旧文重新扫描为电子版，发出来作为怀念。虽然是二十五年前写的，仍可看到我们友情的延续，看到他开朗乐观、幽默风趣的样子，看到逝去的美好时光。

永宁老友，愿你在另一个世界里开怀畅饮，谈笑风生。

写于 2023 年 4 月 24 日

能文能武的阎欣宁

我和阎欣宁是老朋友,这个"老"有两层意思:第一层当然是我们认识很久了,老交情;第二层意思则是我们都老了(龇牙),老到一说起往事就要倒回去几十年。

虽然是老朋友,我们却一直互称老师,他叫我山老师,我叫他盐老师。这个盐老师不是我不敬,是他自己命名的。那时候我们都开博客,时常在网上串门,他每次在我博文下留言就这么落款,一眼看上去很咸,需要喝口水。

说来我们有很多共同点,比如,都当了兵,比如,都是军人后代,比如,都喜欢写作。当然,他是老兵,1970年底就入伍了,比我早了整整七年。在部队上老兵为大,我见到他应该先敬礼的,但盐老师对我总是很客气,像绅士对女士那样。

记得是2005年吧,我应邀去厦门参加活动,那时他已转业到厦门市委宣传部了,于公于私,都必须热情接待我。于是亲自开车,送我去看朋友。

某天去集美大学的路上,我们迷失了方向,他把车停在路边,我下去问路。一个大爷嗓门很大地给我指点迷津,但说的是闽南话,我听不懂。大爷着急,嗓门更大了,还比比画画的。阎欣宁以为大爷在冲我发火,连忙下车助阵。那时他刚拿到驾照不久,不知道这样就算违规停车了。路倒是问清楚了,几天后他接到了罚单,罚单上写的是"违法停车"(现在叫违章停车)。"违法"两个字很惊悚,把他吓到了,心理阴影迅速铺开,面积超大。他还不敢告诉我,怕我也留下心理阴影(属同案犯)。直到几十年后才说出来。我大笑,一个罚单让你紧张成这样,可见你是个老实人。

阎欣宁确实是个老实厚道人。2006年我任《西南军事文学》主编,向他约稿,一次又一次,从没落空过。须知我们刊物非名刊大刊,稿费也不高,约稿不易,但他一直支持我们,前后给了我十几篇军事题材小说,并且从没跟我摆过谱,提过什么要求。现在回想起来,真是人品爆发——不是我,是他。

作为军队作家,我们都是《解放军文艺》的作者,巧合的是,我们同在1987年,在《解放军文艺》上发表了对自己具有突破意义的作品,他的是《枪手沉沦》,我的是《太阳雨》。

说到《枪手沉沦》,我们的差距就出来了。同是军人后代,阎欣宁是一个无比热爱枪支、精通枪支的硬核军人，而我，算个枪盲吧。他小时候第一次见到的枪就是真枪，冰冷的沉甸甸的铁家伙，是他爹拿回家的；而我，第一次见到的枪是玩具枪，也是我爹拿回家的。我爹是军队院校教员，教桥梁隧道的，没机会摸枪，却也天生热爱枪支。去北京出差，就给我和我姐一人买了一把黑色玩具手枪。我母亲瞠目结舌，两个女儿，难道不该买洋娃娃或者积木吗？父亲结结巴巴地解释说："实在是太像真枪了，就忍不住买了。"后来这两把枪，成为我和我姐在男孩子们面前神气活现的雄厚资本，他们必须说许多好话才能借去"打仗"。

阎欣宁就不同了，他不但见到了真枪，还爱上了真枪，从此与枪结下了不解之缘。去邻居叔叔家蹭人家的猎枪玩儿，跟着父亲去训练场观摩射击训练，还摆弄小伙伴儿自制的土枪，总之见到枪就想伸手摸，直至十四岁打出了此生第一发子弹：射中（击毙）一头猪。被父亲严肃批评教育，并亲自领着他去猪所在的连队认错道歉。

也许男孩子对枪支的热爱是天生的。当兵以后，他的这种热爱便毫无限制地发酵了，每日和上级配发给他的56式半自动步枪耳鬓厮磨、形影不离。尽管那枪很旧，不好用，他依然用它训练"三点成一线"，一次次打出好成绩。他觉得作为一名步兵，看家本领就是一杆枪，枪玩转了，这兵才能当顺溜。

很快,他的枪就刺破布袋了(脱颖而出)。他被选拔到团里参加比赛,又被选拔到师里参加比赛,每次都得奖。颁奖时,文化科长惊诧莫名:这兵不是个文艺骨干吗?不是秀才吗?怎么成了射击骨干?

是的,那时候的阎欣宁已经是连队的笔杆子了,经常创作文艺节目,写歌词,写快板,写数来宝。其中一个数来宝还参加过全军会演,完全是秀才模样。更让大家意外的是,这个文艺骨干被选送到南昌步校去参加教官集训了。半年时间,他从步枪、冲锋枪、班用机枪、重机枪到手枪和56式40毫米火箭筒,全部走了一遍,实实过足了枪瘾。最后,硬是以优异的成绩,留在步校当了射击教员。

在步校当教员的两年,应该是阎欣宁此生最尽兴的日子,不但各种枪支随便练习随便把玩,每个月还配给两百发子弹,必须打完。那时的他,对据枪、瞄准、击发这三大射击要领早已得心应手,枪与他已融为一体,枪油的气味、子弹的火药味儿,让他感到无比亲切。

当然,彼时的阎教官早已不是玩枪的少年了。他对枪的热爱,已经有了深刻的认知:"枪对于军人来说究竟是什么?它不仅是力量的延伸,还是意志、情感和灵魂的延伸。没有一支爱枪,军人就是一套挂军装的衣架子;没有爱枪的军人,枪就是一根烧火棍。"

正是那段与枪朝夕相伴的日子，成为他后来写枪支系列小说的重要源泉。他写的故事，他塑造的人，就在那时埋下了种子。数年后，他创作出了大名鼎鼎的"三枪"——《枪队》《枪族》《枪圣》。可以说，"三枪"奠定了阎欣宁在军事文学上的地位。

之后，他的一篇又一篇军事题材小说不断问世，好比击发出一发又一发子弹，发发命中靶心。须知，和平时期的军旅题材小说不好写，我反正是望而生畏。但曾经的阎排长、阎连长、阎教导员、阎干事（注意他的经历，军事干部、政工干部都干过），却勇敢地在这片坚硬的土地上深耕细作，写出无数篇军味儿十足的小说，用现在的话说，是直男小说：《第一列兵》《极限三题》《拔河队》《古堡》《旗鼓》，等等，在军事文学高地上，种下一棵又一棵的树。

著名评论家潘凯雄对阎欣宁的"枪"系列小说极为欣赏，他认为："这种以枪为媒来写军人并通过枪直接进入人物内在意蕴的方式，在阎欣宁此后的一些重要作品中进一步得到强化，他终于找到了一种更属于自己写作和平时期军旅小说的方式。"

的确如此，阎欣宁的军旅小说有着他独特的气质，军人的刚毅和柔情、军人的神性和局限，一一呈现。因此他屡屡获奖，成为军旅作家中不可或缺的一员大将。

今天的阎欣宁，已成功转型了，从一名射击爱好者转型为长跑爱好者。刚转业时他很不适应，脱下了军装放下了枪，激情无处安放。坐在舒适的办公室里，望着厦门美丽的景色，浑身不得劲儿。听不到军号声，闻不到机油味儿，更闻不到火药味儿，那种手痒难耐，是键盘无法替代的。于是，他每天早起环岛长跑，释放激情。他住在鼓浪屿，不跑也是对不起这份幸运的。天长日久，便练就了长跑的本领，之后，他终于找到了持久的释放方式——参加马拉松。他成了一名马拉松爱好者，或曰马拉松运动员，一跑不可收拾。

我时常在朋友圈里见到他跑步的身影，以及跑马拉松的文章。他总是精神抖擞、满头大汗的冲过终点线，浑身都浸泡在汗水里，成了名副其实的"盐"老师。他飞往全国各地参赛，一次次刷新自己的成绩，乐此不疲。

无论是作为一名射击爱好者，还是作为一名马拉松爱好者，阎欣宁都没有放下他对文学的热爱。他还在写，他还在军事文学的高地上站着。所以我说，阎欣宁盐老师，是个能文能武的人儿，是个文武双全的厉害角儿。

2021年6月7日完稿于成都正好花园

我的第一个责任编辑

1983年我大学毕业,开始试着写小说。其实在大学里也写过,但都不成器,甚至结不了尾。毕业后又接着写,终于写出一个我自己感觉还可以的短篇,题为《绿色的山洼》,便投给了当时由解放军文艺出版社创办的《昆仑》杂志,一本大型文学双月刊。

大凡在军队从事文学创作、年龄又在五十岁以上的,恐怕没有人不知道《昆仑》杂志的,同时也没人不知道海波的。海波是个作家,同时是《昆仑》杂志的副主编,但他作为编辑的影响力远远大于作家。很多军队作家是在他的扶持下走上创作之路的。

我那时并不认识他,我谁也不认识,就是写个地址寄过去了。创作之初,我一律是盲投。本子上抄了很多地址,给《人民文学》，给《随笔》，给《美文》，都是抄个地址贴上邮票就寄过去了，也都很幸运的被编辑老师发现，并发表。

我很快接到了回信，龙飞凤舞的钢笔字，底下落款是海波。海波说看了稿子，感觉我有一定的创作基础，问我手头是否还有新作，如有，可带作品参加他们即将举办的新疆笔会。我兴奋无比，马上回信说还有新作，非常想参加笔会。一来我从没参加过笔会，二来很想去新疆。

可我当时在教导队当教员，有很重的教学任务，教员们一个萝卜一个坑，领导不同意我外出参加笔会。但我非要去，为请下这个创作假，我几乎和领导闹僵。在经过无数曲折（足以再写三千字）之后，我终于来到北京，来到了《昆仑》杂志编辑部——西什库茅屋胡同甲3号。

我还记得和海波的初次见面，是在走廊上。他迎上来和我握手。照说我该叫他老师的，可他的姓让我觉得不像个姓，叫"海老师"很别扭，就含含糊糊地应付了一下。海波说，原来是个女同志，你在作者简介上为什么不注明？我自负地说，我就是不想让人家知道我是个女的。他说，那能瞒住吗？早晚得知道。

不知为何，新疆笔会取消了，改成"首都青年军人笔会"，就是说，改在北京了。北京也行啊，反正对我来说，只要是笔会就行。可是接下来又变了，说这个笔会不集中，各自为战。这下好，其他几位作者本来就在北京（有几个正在鲁院上作家班),都有地方住,只有我是外地来的,需要自己找地方住。

于是那一个月,我像个游击队员似的游荡,前后搬了四个住处。其中有一个多星期,是和朱苏进、乔良在一起,租了一个大学里的宿舍。那算是最好的,每天还能和他们一起聊聊天。后来他们完成了作品就回鲁院上课去了。我就搬到了我表哥家。在表哥家住了一段时间觉得太添麻烦,又搬到了我一个在北京工作的同学的集体宿舍,集体宿舍也不能老住。再去找海波,海波又把我安排到了北京军区一个招待所,在八大处一个很僻静的地方。

我不是个心理承受能力很强的人,这么来回折腾,早已没了写作心情。最最重要的是,我的稿子改来改去都通不过,或者说改来改去海波都不满意,他总是说我没有"历史纵深感",对人性的揭示不深刻,而我总是不服他。我们常常谈崩。

那时我的确像个中学生一样喜欢抒情,喜欢表现美好(现在也长进不大),海波却希望我能写出人性的复杂。每当他给我一些情节上的建议时,我总是断然地说:"人不可能是这样的,或者说,我从没听说过这样的事。"他大为光火,说:"怎么跟你谈稿子那么费劲儿呢?你怎么那么犟呢?"但我就是固执己见。有一回他说到我小说中的老两口去散步,他说:"你不要写他们发感慨,你就让他们默默散步,他妈的什么话也别说,他妈的沉默才是最好的。"我惊讶地望着他,不明白他为何说粗话。当时我想,看来我和他是无论如何也不可能谈拢的。

由于稿子修改不顺利,而我请假出来时又跟领导表态说,一定能发表作品。所以到了八大处后,我的心情坏到了极点。和我同住的一个女作者是个高干子弟,所用的东西都是我没见过的高级货,所说的也都是些我没听过的陌生事。我愈发自卑沮丧、烦躁不安,一个字也写不出来了。这是什么笔会呀?和我想的完全不一样,我还为了这个笔会和领导吵架,太失望了。

想来想去,我决定提前走。当时距离我的归期也没几天了。我收拾好行李,一个人坐公交车再转车,从八大处来到《昆仑》杂志编辑部,想和海波辞行。偏偏那天海波不在,好像是去印刷厂了。编辑部的其他人都各忙各的,没人搭理我,这更坚定了我离开的决心。于是我直接去了北京火车站。

我在候车室给海波写了封信,就大半页纸,其他话都忘了,只记得最后一句:让你的历史纵深感见鬼去吧!我回成都了!我把信丢进信箱,登上了火车。

海波收到信后非常生气,大概他从来没见过这样的作者,竟敢不打招呼就走,而且出言不逊。碰巧那天我们成都军区的作家简嘉去编辑部找他,海波把我的信扔给他看,说:"瞧瞧你们军区的业余作者吧,居然这个德行!年纪轻轻的那么大脾气!"简嘉看了信后幽默地说:"她这样做的确不对,但你得承认她的字写得很好。"

后来每每办笔会,海波必在笔会开始前,把我作为反面教材教育参会人员,三令五申,不得效仿。

这是我后来知道的,知道的时候,已经是笑谈了。

但当时,我以如此不礼貌的方式告别了海波后,海波生气归生气,并没有记恨我。他非常了解业余作者的处境,他知道我离开单位一个月,回去得有个交代。于是在当年(1984年)最后一期的《昆仑》上,他编发了我最早寄去的那篇《绿色的山洼》,那便是我的小说处女作。

当我拿到刊物时,心里除了感激,更多的是惭愧。

须知那时的《昆仑》已很有影响力,从全国众多的文学刊物中脱颖而出,成了一道重要的文学风景线。从《昆仑》走出来的作家数不胜数,《昆仑》自己的编辑们,也写出了不少优秀作品。我的小说处女作能在《昆仑》上发表,实在是很荣幸。

后来见到海波,我们重提此事,都觉得很好笑。那时我也做了文学编辑,越发觉得海波多么不易。

海波告诉我,在他当编辑的十年里,像我这样不好调教的作者他一共碰上三个。有一个是退伍到地方上的青年作者,写了个爱情小说,不愿修改,便向海波诉说他心中的伤痛,哭得呜哩哇啦的。值得庆幸的是,该同志终于在文坛上大红大紫了,且经久不衰。还有一个是某边防的副连长,这位副连长心性极高,海波跟他谈修改意见,他怎么都听不进去,情急之下海波就亲自为他修改,因为他从边防连请假到北京,海波怕他稿子发不出来没法向领导交代。可是当副连长看到他的稿子在海波的笔下"血流成河"时,就说:"海编辑,我看这样改的话,不如用你的名字发。"海波不但没生气,反而对他还有几分钦佩。在业余作者面前,他常常像个兄长一样厚道。后来这篇小说终于发出来了,落的当然不是海波的名字。

据我所知,这样被海波改出来发表的稿子,不在少数。尽管许多人认为,编辑不该这样捉刀代笔,但我却觉得,比起那些对作者(尤其是初学作者)漫不经心的编辑来,海波的做法永远让人感激和感动。海波身上那种对工作的认真劲儿,对作者的热情劲儿,对文学的虔诚劲儿,上哪儿去找?就在我那样顶撞了他之后,他仍继续向我约稿,继续邀请我参加笔会,还让我去编辑部帮助工作。当然,也继续枪毙我的稿子。他枪毙我稿子时从来不含含糊糊,总是直截了当、一针见血。有两回气得我发誓不再给他投稿了。但不管怎么样,那些年我还是在《昆仑》上发表了许多作品,并且获得了"昆仑文学奖"。

如果说我后来在文学创作上有了一些成就的话,那是与海波分不开的;如果说我后来当编辑时,能够对作者有些热情和耐心的话,也都是海波做的好榜样。这绝不是套话。

如今，只要一想起最初走上文学道路的时光，我就会想起海波，想起《昆仑》，想起心高气傲的自己。只有当美好的人和事远离我们的时候，我们才会怀想。

写于 2021 年 1 月成都正好花园

我一直叫你家海

家海,你终于走了,就在我身在异国他乡的时候。虽然这一切都在预料之中,我还是感到异常难过,我没能在第一时间知道消息,也没能看你最后一眼,送你一程。作为一个相处了二十年的同事,我的心里有着太深的内疚和不安。

家海——我一直叫你家海,从你调到我们编辑部的那天起。虽然你比我年长,因为我们创作室都随了主任杨景民的习惯,每位同事都以名字相称,叫你家海,叫他景民,叫我山山。这二十年里,你做过我的领导,后来我又成了你的领导,无论何种情况,我都没改过口。虽然你的性格倔强,脾气也不好,但我知道你是个好人,心地善良,正直正派,廉洁自律。几年前你从歌舞团团长改任创作室主任,走时连团里给你配的手机都退还了,到创作室后你是唯一没有手机的人。正因为你的心气太高，对人对己都要求很严，所以活得很累，总是郁郁寡欢。我常劝你不要太在意一些事，不要太好强，可这是你的性格，是你的命，旁人无法改变。

家海，虽然我叫你家海，你却始终很拘谨，一直叫我裘编辑，整个创作室只有你这么叫我，我也习惯了。但在最后两年，你改口叫我山山。也许是因为我做了主编？今年春天的某一天，你打电话给我说，山山，我想用一下车，我胃不舒服，想去做个检查。事后我问你检查结果如何，你说做了胃镜，是慢性胃炎。我松了口气，因为我自己也有胃炎。可是过了一段时间，我在路上遇到你，你说还是没有好，吃不下东西，正在输液。你都输液了也不吭一声。我马上和编辑部的同仁买了营养品去家里看你，你居然还在画画！你真是太能撑了！我当时跟你说，你不能大意啊，胃不舒服很容易被误诊的，很容易掩盖住其他毛病的，最好再查一查。后来你来办公室，我又说了一次同样的话。于是你又去做胃镜，又去做了B超，还是没有检查出什么异常。

就在这个时候，大地震发生了！你好像忘了自己有病一样，5月14日一早打电话给我，说要去灾区采访。我告诉你驾驶员回家探亲去了，你说你自己开车。我请示了领导，领导不允许。你说你骑自行车去，我说绝不可以，最近的灾区都有几十公里远。后来你获悉《解放军报》的李鑫主任要来采访，部里给他配了车。你说要与他同行，我马上决定与你同行。我是深深被你的拼命劲儿感染了。

在灾区采访的那些日子,你哪里像个病人。比我们跑得还快、还远,有时我们在路上与人交谈,你一下子就不见了人影。5月15日在北川,你一个人走遍了北川的新老县城,背着那么重的摄影包,饿着肚子。你还给妻子发短信说:到灾区后,我的胃反而不痛了。其实那是因为你的心思完全被灾区抓住了,忘却了病痛。

回想起来,我们在灾区采访的那些日子,对你的身体是一种折磨,每天有一顿没一顿的,吃干粮,喝冷水,高强度地行走。这肯定加重了你的病情。而我们,也忘了你是个病人。在映秀的那天晚上,我们住在一个四面透风的棚子里,你冷得睡不着,就爬起来坐在外面和志愿者一起烤火。半夜里,听见有人喊"解放军快来帮帮忙,我们又救出一个幸存者"时,你第一个跳起来说,我们去抬吧。还有一位"海峡之声"的记者王龙,马上跟着你一起冲出去抬起担架,把伤员送到了医疗队。你根本就不记得自己是个病人。在从映秀出来的路上,遇到了大塌方。我们冒着危险往外走,走了四个多小时,四肢并用,我感到有些支持不住了,你就抢过我的包帮我背,我不忍心,又拿过来自己背。当我们生死与共,一起走到水库边坐上冲锋舟时,都有一种劫后余生的感觉。

其实我和你一起经历生死,已经不是第一次了。1998年我们一起带领十位作家去西藏走边关,也是历经磨难。当我们到达亚东时,被告知去乃堆拉哨所的路断了。我和多数作家认为就不要去了,尤其是我,害怕出意外,毕竟是我请作家们来的,要承担责任,可你坚持要去。于是邓一光、李鑫和你一起去了,最后一段路你们完全是爬上去的,李鑫还因此吃了救心丸。你们返回后我依然很生气,冲你发了火。这大概是我们之间发生的为数不多的矛盾之一。笔会结束前一天,我们遭遇了巨大的泥石流,车子险些掉进雅鲁藏布江。当我们被困在尼木兵站时,那天夜里你大声地说着梦话,高喊:"我们一定要把杜鹃花送到哨所去!"因为睡的是兵站大通铺,很多人都听见了,一边笑你,一边又被你的精神所感动。而我还知道,这句话不仅仅体现了你的勇敢和尽职,还体现出你是一个富有诗意的人。我常说,你比我们几个作家更具有诗人气质。你发言时常常充满激情,说出的语言像诗一样。西藏笔会时,你就说:"让我们把句号拉成叹号吧!放心,我熊家海是个有肩膀的人!"

灾区采访之后,你马上开始创作大型丝网版画《废墟中——生命的最后定格》和《子弟兵——我们的生命通道》。你高兴地告诉我:"我干了两个大东西!"真的是大东西,两幅画的长度分别为16米和26米,这令艺术创作成了体力劳动。创作完成后,你马上把画送到北京去参加"抗震救灾主题展",之后又回成都参加抗震救灾画展。前一幅被中国美术馆收藏了。

整整三个月,你都处于高度紧张的运转中,每天奔波忙碌,比一个健康人还要劳累。而那段时间我们也赶着写作、出版长篇报告文学《重兵汶川》,无暇顾及你。直到你再次病倒。

家海,我清楚地记得,八月那天早上,你突然从门诊部给我打来电话说:"我撑不住了,让刘成(驾驶员)送我去总医院吧。"我吓了一跳,因为说出这样的话,表明情况已经很严重了。否则你会撑着,或者自己悄悄去医院。副主编张甲利带着刘成去门诊部接你。没想到,他们把你送到总医院,做了检查后,就再也没能接你回来。我从你妻子口中得知情况很严重,说是绝症,真是难过得无法接受。毕竟你才五十五岁啊。我们创作室,甚至我们政治部机关,都还没有这么年轻就罹患如此重症的。

我们一次次地去医院看你,每次去看你都是一种折磨,眼见着你一次不如一次,眼见着生命从你身上一点点离开。可我们却束手无策。因为怕你绝望,我们一直瞒着你,不敢告诉你病情。所以每次面对你都要说假话,明知一切都已无法逆转,还要装出笑容来宽慰你。这样的看望真是一种折磨,因此我特别怕去看你,可又不能不去。有的时候还抱着一线希望,会不会发生奇迹。然而一看到你就明白了,上天是残忍的,没有给我们留任何希望。

而你依然要强,每次去都对我们说,你们那么忙,不要老来了，回去吧。住院的最初一周，你甚至不肯换病号服，一直穿着迷彩裤，你以为你很快就能回家。你总是跟妻子说："我还有好多事情呢，什么时候能出院啊？"有时你也问妻子："山山是不是知道什么情况瞒着我？我看她好像有点儿不对劲儿。"

是的，我承认，我做的不好，每次都不坦然，总是不敢直视你的目光，东拉西扯的，想让你忘掉自己的病。直到最后一段时间，我们还问你明年想订什么杂志，我们也确实按你说的给你订上了，总希望奇迹发生，到了明年杂志送来时，你依然能拿在手上翻开……

家海，最后一次去看你，是11月21日上午，我出国之前。早上你妻子突然给我打电话说你情况很糟，我连忙赶去医院。你说话已经有些接不上气了。看着你瘦得变形的样子，我真是不敢与你对视，宽慰的话怎么也说不出口，只好沉默着，眼睛盯着墙壁。可你还责怪妻子，说不该把我叫来。因为以前我总是下午和晚上去医院，上午出现，让你生疑了。我连忙解释说："正好有顺路的车，所以过来了。"后来你忽然叫我的名字，我走到床边靠近你，你微弱地说："山山，我不能走路了。"我听着，真是太难过了，心里堵得厉害。我忍住眼泪，努力找出安慰的话，但发出的声音连自己都无法听到。我说："你太久没吃东西了，有些虚弱，以后能吃东西就好了。"

后来你妻子告诉我，在我走后的那天夜里，你和她谈了个通宵，你终于知道了真相，嘱咐她顺其自然，一切从简。还说如果出现昏迷，就不要抢救了，这样活着，除了浪费国家的药材，什么用也没有。你还跟她说，在家里给你留个房间吧，你想回来坐坐。妻子说："好的，一定给你留着，你回来的时候托梦告诉我，我叫你的时候你要答应。"你说："好的，我答应。"

你安静，从容，以极大的毅力，面对着渐渐逼近的死神。夜里你疼得无法入睡，情况非常糟糕。可第二天领导去看你，问你有什么困难时，你依然说："没有困难，什么困难也没有。我的经济情况挺好。孩子也挺好。"

我知道你会这样说，你永远不会说："我不行了，帮帮我吧"。你永远不会说："我很困难，能否给我些补助"。你永远不会顾影自怜。你是个把自尊看得比什么都重的人。你是我所见过的最要强的人。

家海，我相信人与人是有感应的，11月27日、28日两天，我这个从不失眠的人连续在异国他乡的山里失眠。当翻来覆去、无法入睡时，我脑子里不断闪出念头：是不是家海走了？因为身在异国，电话联络非常不便。当30日晚我打电话得知消息后，才明白那两夜，正是你最后挣扎和离去的时刻。

家海，你走了，我想说，有件事我一直没有勇气告诉你，我曾经也伤害过你。好像是三年前,你当主任时,有一次很严厉地批评了一位女同事,女同事哭了。为了安慰她,我就调侃说:"你不要跟他计较,他这个人就跟头倔牛一样,每天就知道在地里耕啊耕,结果把地耕得乱七八糟。"女同事破涕为笑,把这话转述给了你(她没说是我说的),你很伤感地打电话给我说:"唉,辛辛苦苦忙半天,他们居然说我像一头牛。"我吓了一跳,讪讪地说:"是开玩笑的。"你还是黯然地说:"开玩笑也让我难过。"后来的日子,我有几次想跟你解释,却怎么也开不了口。对不起,家海,我不该这么调侃你的。你兢兢业业、勤勤恳恳,尽管有时候效果不理想,但依然应该受到尊重。如果连你的敬业都不被尊重,还有什么值得尊重呢?家海,我还想告诉你,大家都很敬重你,就是你批评过的那位女同事,对你也非常好,在你住院期间她是去医院看望你最多的一位;还有,和你曾经有过不愉快的一位同行,也在你去世后伤心落泪。我们编辑部几位和你接触不多的年轻人,都在为你的事跑前跑后,尽心尽力。你若在天有知,会感觉到温暖的;还有,你若在天有知,就原谅我的玩笑吧,说一声没关系。

30日夜里,在我知道你离世的那个夜晚,我在异国他乡做了个梦,梦见我和编辑部的同仁们一起在为你办后事,忽然看到你就站在我身边,依然穿着那件很旧的深蓝色夹克,很瘦很小,好像比我还矮。我惊讶地问:"你怎么来了?我们在为你办后事啊?"你露出难得的微笑说:"我没事,大家一起干吧。"

家海,我真希望那情景能在现实中出现,真希望有一天你走进办公室跟我说:"山山,我又干了个大东西。"或者说:"我想自己开车去川藏线,可以吗?"

我会对你说:"家海,你去吧,去你想去的地方。"

只是,一定要平安。

2008年12月2日午后匆匆写就

我愿和你一起飞

我算不上空中飞人,但一年也会飞个十几二十趟。每次坐飞机,我都期待遇到一个安静的邻座,以便度过两三个小时舒适的旅程。最近这一年,学会了网上值机,每回选座位号时,我心里就会想,不知这一次,身边会是谁。因为尽管是自选,但照样属于开盲盒,因为你选的时候,邻座还是个问号。

最近一次外出,去的时候我选了16C,结果遇到一个令人很不愉快的邻座,回来的时候我就选了19D,仿佛为了远离上次的不愉快。那天是正点登机,我走到19D的时候,看到旁边是位女乘客,心里稍安。以我的经验,女乘客安静的概率比较高。

可是我刚坐下还没系好安全带,她就开口了:"大姐,这个耳机怎么用啊?"我帮她把耳机插头插进座椅的塞孔里,她连忙将耳机戴到头上,跟着又问:"怎么没声音?"我只好帮她调声音,她不断摇头说:"没有,什么都没有。"这时空姐走过来了,她一把抓住空姐:"这个耳机听不到歌。"空姐说:"你别急,我们一会儿会发新耳机的。"

但她就是急,扭来扭去的,坐立不安。当空姐演示安全须知时,她很认真地听,然后大声跟同伴说:"我没穿高跟鞋,我不用脱。""你得脱。"她身边是个年轻女孩儿。那女孩儿为她的躁动不安感到不好意思,朝我笑笑。可她满不在乎,继续锲而不舍地捣鼓着耳机,终于,耳机被她捣鼓出声音了。因为,我听到她开始唱歌了,是比较老的流行歌曲《恰似你的温柔》,某年某月的某一天⋯⋯

完了,遇到一个不安宁的女邻座。我心里隐隐担忧着。

飞机开始滑动,她忽然取下耳机问我:"飞机飞起来的时候是不是很难受?我应该怎么做?"我安慰说没事的,不要紧张就行。旁边的小姑娘说:"你张大嘴巴就没事了。"她戴上耳机大声唱起歌来,也许她认为这是张大嘴巴的另一种方式。这回她唱的是《夜来香》,我们就在"夜来香,夜来香"的歌声中飞上了天空。

显然这是她第一次坐飞机,我的这位女邻座。不过她的折腾并没有让我特别反感,很奇怪。也许是她跟我说话时的语气,也许是她的眼神,似乎都透出一股与她年龄不相仿的单纯和天真。

我开始有意打量她,四十岁出头的样子,长相很普通,脸色微黑,头发也黑,还亮,这让她显得年轻。围着一条有蕾丝边的紫色纱巾,穿了条砖红色的裤子,抱在怀里的包是豹纹的。由此猜测她并不是个家庭妇女。她不但大声唱歌,两只手还翘着兰花指比动作,仿佛在舞台上一般旁若无人,一对银手环丁零当啷地闪耀着。而且我注意到,虽然她是戴着耳机在唱,音却很准,一般人是做不到的。也许,她是个哪个县剧团的,或者,哪个街道业余演出队的。

飞机飞平稳后,她终于安静了。我便拿出书来看。刚看了没几页,她就紧张地取下耳机对我说:"我耳朵听不见了,我难受。"我说:"你吞咽口水试试。"她照着做了,露出满意的笑容:"嗯,好了。你耳朵不难受吗?"我说:"我也会难受的,大家都一样。"她说:"我不一样哦,我身体很不好,所以有点儿担心。"

这让我意外,她看上去挺健康啊。但她转移了话题:"你是不是经常坐飞机?"我说:"是的。""那你这知道这个飞机票多少钱一张?"我说:"如果不打折,加上机场建设费燃油费什么的,要一千六七吧。"她听了,朝身边的小姑娘伸伸舌头。

她忽然说:"对不起,我问你太多问题了。"

我说:"没事。"

不过心里却越发好奇了。这究竟是个什么样的女人？她，她们，去成都做什么？我忽然想，罢了，反正也看不成书了，不如和她聊聊。于是我合上书主动问："你们去成都干吗？"

她的回答让我吃了一惊。"我们去做节目，四川电视台邀请我们的。喏，我们五个！"她指指过道对面的两个和身后的一个。原来他们是个小团体。我自选的座位，夹在了他们中间。

我毫不掩饰我的惊讶："做什么节目？"

她很自豪地说："我们有个'草根之家'，是专门为进城的打工者提供服务的，我们几个都是草根之家的义工，我们就是去做这个节目。"

我更为惊讶了，同时又有一种开心和愉悦。

她开始滔滔不绝地给我讲他们的"草根之家"，还告诉我她身边的小姑娘是跳舞的，跳得特别好，她是唱歌的，另外三位也都是草根之家的骨干。

我一边听一边庆幸，还好自己开口问了她，不然，就错过了一个美好的故事和一群美好的人。

她说的这个"草根之家"在杭州，已经成立八年了，小有名气。他们的宗旨是——"让杭州的打工朋友过上有尊严的生活"。这个宗旨让我敬佩，原来他们并不只是提供娱乐交友的平台，还提供技能培训、普法维权等非常实在的服务。让我欣慰的是，当地政府很支持他们，每年都拨款解决其房租水电等基本费用。

其实更让我感动的,是她自己的故事。她说她和她的老公,是在杭州打工时认识的,她老公是江西人,做房屋装修。结婚后,夫妻俩苦巴巴地齐心协力地干,渐渐有了些积蓄,生了一儿一女,小日子过得还算不错。可是两年前的某一天,她突然中风瘫痪——因为家族性高血压,也因为缺乏医学知识,从来不注意。老公见状,毫不犹豫地把刚买的车卖掉,送她进了最好的医院。医生诊断后说,情况很严重,就算保住命,以后恐怕也要躺在床上了。但她老公一点儿都不放弃,放下工作,天天跑医院,照顾她,帮她康复。而她自己的乐观开朗,也起了很重要的作用。于是半年后,她竟然奇迹般地恢复了,慢慢能起床了,慢慢能走路了,直到现在这个样子。

她无限感慨地说:"我都没想到我还能有今天。"

我说:"你很幸运,遇到你老公。"

她说:"是的,我老公特别好,人很善良。对我好,对他爸爸妈妈也好。我出院的时候才知道,我们家车没了。他说车算什么,我们以后再买。我身体刚好一些,就想去'草根之家'参加活动,他就每天送我,用自行车推我去,晚上再接我回。"

我说:"是不是感觉很幸福啊?"她说:"我们也吵架的。有一次吵架时我生气了,我就说,以后不用你管我,你走你的康庄道,我走我的独木桥。我老公叹气说,还是你走康庄道我走独木桥吧,你身体不好,独木桥难走。哈哈,我一下就消气了。"

我心里暖暖的,为世上还有这样优秀的男人,也为世上还有这样幸福的女人。难怪她显得那么单纯天然,因为一直以来她都无须费什么心思去维护他们的婚姻。

她继续在讲:"我还参加过《中国达人秀》的选拔赛呢,我讲了自己的故事,唱了一首歌,三个评委都给了我yes。但是我没有再去上海参加复赛了,因为当时身体还不太好。"

她讲得很自豪:"你上网去搜嘛,可以搜到我们'草根之家'的事迹,也有我的名字。真的,你去搜嘛。"

她讲得很热情:"我给你留个电话,你下次回杭州就给我打电话,等我们'草根之家'有演出的时候,我请你来看。"

一直讲到飞机降落,她才停下来,再没提耳鸣的事了。告别时,她再次对我说:"大姐,真不好意思,一路上都在打搅你,你烦我了吧?"

我连忙说:"没有,我很愿意和你聊天,我很开心。"

其实心里还有一句没说出来:我愿和你一起飞。

2014年五一节,成都正好花园

相逢可曾是故人

前几年去深圳讲课,认识了一位吕先生。吕先生与我年纪相仿,虽然是工程师,却很热爱文学。课后一起聊天,他说他读过我的一篇写父亲的文章,知道我父亲是铁道兵工程师,又说他有个非常要好的从小一起长大的同学,父亲也是铁道兵工程师。

我当时只是点点头,没太在意。人多,信息杂乱,过耳就忘了。

毕竟铁道兵有那么多工程师,从北洋大学毕业的也不止我父亲。其中一位徐伯伯,就住我们家对面楼上。

后来某一天,吕先生又在微信上和我提起这事,他说他当年读了我写父亲的散文《擦肩而过的二等功》,很喜欢,还以为作者是男士呢。其中我提到我父亲毕业于北洋大学,让他想到了他同学的父亲,他同学的父亲也毕业于北洋大学,关键是,毕业后成为铁道兵,也去了朝鲜,也在铁道兵学院当过老师。

"我感觉您父亲和我同学的父亲应该认识,应该是战友!"

他这么直截了当的判断,让我产生了兴趣,便听他一一道来。

原来,他同学姓梁,父亲叫梁焕保,梁焕保1948年从北洋大学土木工程系毕业后,便与许多同学一起,被派往台湾实习。后来他母亲看到时局紧张,就拍电报给他称自己病重,速速回来。他即放弃实习回到了北京,并于1949年4月成为铁道兵,任工程师。1951年随志愿军赴朝鲜,因负伤提前回国。二十世纪六十年代初,调到石家庄铁道兵学院任教,七十年代初,调到重庆铁六师任工程师。最后调到长沙铁道兵学院任教。于1979年离休回到北京。

听完之后,我真是大为惊讶,因为他的人生经历,与我父亲的高度重合。我父亲也是1948年从北洋大学毕业,1949年加入铁道兵,1951年随志愿军赴朝鲜,1962年调到石家庄铁道兵学院任教,1970年调到重庆铁六师工作,1978年调到长沙铁道兵学院任教,之后离休。

他和我父亲不同的,仅仅是籍贯和年龄。他是北京人,我父亲是浙江人;他生于1923年,我父亲生于1926年。

最重要的是，他姓梁。这个"梁"唤醒了我的记忆。在我的少年时代，大约是1973年，的确有一位姓梁的伯伯常来我家做客。父亲说他单身一人在重庆，星期天孤单，就让他来我们家改善一下伙食。每次他来，母亲总会想尽办法烧几个菜，让父亲陪他喝点儿小酒。那是二十世纪七十年代，经济匮乏，搞几个菜是很难的。每每母亲为难时，父亲会搓着手用浙江话说："个么，就蒸个鸡子羹吧。"

他比父亲年长，父亲便让我们姐妹叫他梁伯伯。当时常来家里的还有位姓雷的工程师，我们叫他雷叔叔。这位梁伯伯，应该就是吕先生所说的同学的父亲了，哪里会有第二个？

忽然记起几年前我写的一篇散文，其中一段写到梁伯伯，连忙找出来。文字如下：我父亲有位同事，也是工程师，姓梁，我叫他梁伯伯。他妻子孩儿都在北京，他就经常来我们家改善他的伙食。次数多了有些不好意思，有一个周末来吃饭时，就拿了把二胡。进门说，山山我给你买了把二胡，有空学学。我很兴奋，当即开始拉，吱呀吱呀的，十分刺耳。我妈妈眉头紧锁，当着梁伯伯的面又不好说，就让我赶紧去帮她洗菜。梁伯伯走后，我妈跟我爸吐槽说，这个老梁，买什么不好买把二胡？还不如给我们买几斤鸡蛋呢（那二胡五元钱，可以买七斤鸡蛋）。以后我一拉二胡，我妈就各种打岔，我自己也觉得很难听，吱呀吱呀的，像挑扁担的来了。新鲜了两天后，就订了个钉子挂到了墙上。直到我们搬家走的时候还在墙上。(《才艺这回事》,发表于2017年《文汇报》笔会)。

我把这篇文章发给吕先生,吕先生看了说:"肯定是他!你说的梁伯伯肯定是我同学的父亲!真是太巧了!不会写小说的人也可以写了!我要把我同学介绍给你。他退休前是新华社的摄影记者。非常好的人,我们是一辈子的哥们儿!我小时候成天在他家玩儿,梁伯伯的确总是笑呵呵的,我总共见过他两次,就知道他是笑呵呵的。"

接着,吕先生给我发来了梁伯伯的照片,是他和家人的合影,他穿着老式军装。我一看,的确是梁伯伯,只是比我见到的要年轻一些。

真没想到,五十年后,我会以这样的方式与梁伯伯邂逅。的确让我惊喜交集。遗憾的是,梁伯伯和我父亲,都已经离世了,无法去追寻和分享了。

在我这里确认后,吕先生更激动了,滔滔不绝。

"我一直想把梁叔叔的事说给您听,今天还特地打电话给梁立,说裘老师家世与他很像。他同意我把他家的事说给您听,还非常高兴。他们家是北京人,爷爷是梁引年,大名鼎鼎,曾在北大任教。与梁漱溟也是近亲,他们两家时有来往。

"记得1979年梁叔叔从北京往长沙带东西给我(当时我在长沙读书),我不知怎地问起他读书的学校。他回答说:'我是北洋大学的。'那时我孤陋寡闻，竟然不知道北洋大学，但因为北洋二字比较特殊，便再也没忘掉。我母亲是北京辅仁大学的，她告诉我，北洋大学就是后来的天津大学。所以读到你那篇文章，我一下子被这几个字抓住了。

"今天这一晚上，我就像是在梦里！都快十二点了，我和梁立还在通电话。您写的那段买二胡、拉二胡的故事，梁立和我都觉得特别好玩。他更是万分感慨，父亲在外面的生活，他们了解得太少了，太遗憾了。"

吕先生说的这个情况，我确信。我曾经写过一个老军长，他很爱看《杨门女将》。后来某一天，我见到了他儿子，是位大校，我便说起此事。大校很惊讶，他从来不知道父亲有这个喜好，因为父亲总是不在家。他们从没和他一起看过电影。这或许是很多军人家庭的常态。

"梁叔叔喜欢下围棋，他家有一副围棋子，装在两个圆形的盒子里，盒子很漂亮，深蓝色的布面。当时梁立把那副棋子借给了一个同学，后来发现我才是学围棋瘾最大的，经他同意，围棋便转到了我手里。下乡插队时，我用那副棋子教会了众多知青同伴下棋，我抽调回城时，又把围棋留给了尚未抽调上来的知青棋迷。那年在长沙见面时，梁叔叔还说，我们下围棋吧，我这才记起围棋留在了乡下。很遗憾再也没有回到梁家。

"梁立家是我们同学聚会的场所，我小时候成天去他家，门槛都踏破了。记得1974年春节我们去他家守夜,梁叔叔不在,他总是不在。我们十几个同学在他家热热闹闹过除夕。梁立的姥姥那时已经八十多岁了,河北滦县人,与我父母的口音很像。她对我们很好,像亲姥姥一样。尤其喜欢男生(有些重男轻女),有几个男生平时经常去他家蹭吃蹭喝,姥姥总给他们做好吃的。梁立的母亲也很热情。

"记得那天在他家守夜,他母亲指着墙上的一张照片说那是梁立的爷爷,是赴美留学生。那个年代,我对这些东西很敏感,我看到照片上的人穿着西装。梁立后来告诉我,他爷爷叫梁引年。我一查,他爷爷毕业于北大,被胡适选中去美国留学,是电机专家。"

从吕先生断断续续的讲述中,我得知了梁伯伯家里的大致情况。

梁伯伯家兄弟五人,他排行第四。妻子是小学老师,他们有一子二女。三个孩子都是他妻子和孩子姥姥带大的。他在部队几十年,每年只有十几天探亲假回北京与家人团聚,孩子们对他知之甚少。

因为梁伯伯的父亲留过洋,自二十世纪五十年代始,梁家几兄妹都受到了来自社会的巨大压力,谁也不敢多说梁引年的事,怕惹来麻烦。梁伯伯在部队,比别人更谨慎,从来不说他小时候的事。加上常年在外,也没有机会同子女们谈往事。故孩子们对爷爷留学的事,也只是从母亲那里知道一些。母亲也不敢多说,怕惹祸。"文革"时,梁伯伯险些被揪斗,就是因为家庭出身以及大学毕业后去过台湾实习的事。后来毛泽东亲自批示,停止在部队内搞揪人那一套,梁伯伯才逃过一劫。

二十世纪八十年代末,梁伯伯的很多同学回大陆探亲,一个个都显得挺富裕。他们说如果梁伯伯当年留在台湾,肯定是他们当中干得最好的,因为他学习拔尖。但梁伯伯对此却并不在乎。他是1979年离休回京的。当时组织上给他在干休所分了五间房,他坚决不要,说回家住老房子就可以了。子女们都不理解他,他就天天给子女做思想工作。

最让我震动的是梁伯伯在朝鲜负伤的事。有一天他去检查隧道,发现隧道口处有一颗敌人飞机丢下的定时炸弹,很危险。情况紧急,他抱起炸弹就跑,到山涧边将炸弹扔下去。可炸弹脱手后在空中炸了,梁伯伯身上有十七处负伤,昏倒在地。后被一位朝鲜阿妈妮发现,救起送往志愿军医疗机构,之后被送回国内养伤。直到去世,他的前额处仍留着一块弹片,是三级残疾军人。

这件事让我大为惊讶。真没想到,那个说话慢条斯理、总是笑眯眯的梁伯伯,竟然是位英雄。这也就理解了父亲为什么总是把他叫到家里来。父亲对他不仅有同学情谊,更有一份敬重。

和吕先生聊过后,我产生了多了解梁伯伯的想法。尤其是他在朝鲜负伤的事迹。遗憾的是,梁伯伯2002年就去世了,而我的父亲,也去世十年了。我认识的几位铁道兵的叔叔伯伯,也都去世了。那一代人,大多数都告别了我们这个世界。

于是我托朋友上网查,用各种方式搜索,但收效甚微。问姐姐,姐姐对梁伯伯的记忆也和我一样,一口京腔,笑眯眯的,很慈祥。托我铁道兵的同学去问他们的父母,父母要么已经离世,要么记忆模糊。再问一位曾是铁道兵的朋友,但他比父亲晚一辈,也不了解。我还翻出家里的一本书《国家记忆:感天动地铁道兵》,其中也没有记载梁伯伯在朝鲜的事迹。梁立说:"父亲曾写过一篇回忆在朝负伤的文章,但家里找不到了。"据说增刊发在北大一内部纪念文集里,可惜我也没有查到。太遗憾了。

倒是梁伯伯的父亲梁引年,在网上可搜到些许资料,他是民国时期著名学者,北大毕业后,被胡适推荐到美国留学,获康奈尔大学电机工程硕士学位,然后回国任教。他编写的电机工程教材,在国内被使用了多年。我在孔夫子旧书网上,搜到一本他翻译的《初等电工学》,1940年出版。我还搜到一个1912年至1937年的北大物理系教师名册,在上面看到了他的名字。虽然就"梁引年"三个字,但总算有痕迹。

而梁伯伯的名字梁焕保,网上几乎查不到。

最后我找到天津大学档案馆的老师。几年前我把父亲的一些资料捐赠给天津大学档案馆,便和他们有了联系。非常庆幸的是,他们很快就帮我查到了梁伯伯在北洋大学的学籍表。与此同时,把我父亲的学籍表也给找出来了。

当我把这两张泛黄的学籍表发给吕先生时,他直呼我本事大。我说我哪有什么本事,全靠做档案管理的工作人员、一代代的细心保护,才得以让七十多年前的学籍表,完整地出现在我们面前。

从学籍表看,梁伯伯1948年毕业于北洋大学土木工程系,和我父亲一样。但他俩都不是直接进入北洋大学的,梁伯伯先就读于北平临时大学土木工程系,我父亲先就读于浙江英士大学工学院。我还发现梁伯伯虽然是北京人,祖籍却是广西。

我查询了梁伯伯就读的北平临时大学。1945年10月,教育部在北平、天津、上海、南京设立了临时大学补习班,为了收容因为战争而尚未毕业的在校学生。1946年北京大学复校后,便接收了这所临时大学的第一、二、三、四、六补习班。而第五分班,则改为国立北洋大学北平部。估计梁伯伯就是从那个第五班,进入到天津北洋大学的。档案上写着他进入大学的年龄为二十二岁,而我父亲则是二十岁。

父亲就读的英士大学,大致情况是这样的:1938年,抗日战争全面爆发的第二年,不少沿海城市沦陷,为了顾及战地青年的求学热情，当时的政府和学者，筹备成立了"浙江省立战时大学"这所综合性大学，设有工、农、医三个学院。后为纪念辛亥革命先驱陈英士，改名为英士大学。抗战期间，校址一再迁徙，东一处西一处的，没有完整的校园校舍。1942年工学院划出，独立为国立北洋工学院，迁到浙江泰顺。这便是父亲就读的学院了。父亲在泰顺读了两年，二年级学期结束后，于1946年进入天津北洋大学。英士大学于1950年撤销，一部分并入暨南大学，一部分并入复旦大学，一部分转入浙江大学。英士大学在艰难的抗战时期，依然培养出了很多人才，非常不易。

我真后悔没有在父亲在世时，和他聊聊这段往事。英士大学一定有很多珍贵的经历和人物。父亲的老照片里，只有在天津北洋大学拍的，没有英士大学的，显然是连年战乱之故。难怪父亲晚年总是叹息说："我读的大学没有了，我当了一辈子的铁道兵也没有了。"他说的大学，包括了两所。

再往下，我就查不到任何资料了。想想已经非常不易了。吕先生在深圳，梁立先生在北京，我在成都，我们一起追寻在重庆的梁伯伯和我父亲，又从重庆追寻到天津、石家庄、长沙，乃至朝鲜，追寻到那个遥远的属于他们的年轻时代。

要感谢吕先生和梁立先生，他们让我更多地了解了我的父辈，也丰富了我的人生。

梁伯伯和我父亲，作为那个时代的青年学子，从北洋大学毕业后就成了铁道兵，为祖国和人民奉献出了自己的青春和学识。他们为人正直，生活简朴，一辈子修路架桥，造福后人。他们曾一路同行，时间还很长，长达三十多年。虽然最后走散了，但现在，他们又在另一个世界相聚了。

不知他们再次相逢时会聊些什么。也许他们会相视而笑，说一句，咱们这辈子，问心无愧。

写于2023年父亲节

想起周涛

周涛曾写过一篇短文《想起刘静》。是他得知刘静(《父母爱情》作者)去世后写的,赞刘静的才华,叹刘静的早逝。刘静也是我非常要好的朋友,他们两个都是我喜欢和欣赏的人,因为他们有个共同特点——好玩儿。用现在流行的话说,有一颗"有趣的灵魂"。我就借周涛的题,写一篇怀念他的文章。

这些日子,看到很多怀念周涛的文字,大多是说他才华横溢、洒脱豪放、激情澎湃、桀骜不驯等等。这些我都认同,他就是一个遗世独立的大才子。但我想起周涛,更多的是想起他的笑声,他的各种趣事。

我是二十世纪九十年代初认识周涛的。1991年吧,我们一起参加解放军文艺出版社组织的笔会。在去云南的路上,他谈笑风生,吹牛调侃,令众人开怀。记得他在车上大声宣称:"新疆有三宝：血汗马、马奶子葡萄和周涛。"奇怪，要是别人吹牛我会烦的，但周涛的"自吹"只让我觉得好玩儿。除了他有吹牛的资本外，还有个原因是他从来不装。

那时候我刚好在《昆仑》杂志发了一篇随笔——《父母大人》，同期也有他的散文，我是头题，他是二题。所以他一见到我就说："你个小女子，竟敢排在我前面。"那时他已经是大名鼎鼎的诗人了，而我还是新秀。我连忙说："是编辑排的。"他做出不和我计较的样子说："写得还不错，那就排前面吧。"年底，我的《父母大人》得了当年的昆仑文学奖。估计他看到又会说，这小女子，竟然还得奖。

周涛是个风流倜傥、激情洋溢的帅哥，热爱美女是出了名的，他也不掩饰，值得一说的是，口碑却不俗。那次在云南，有一天我们走到一处大理石市场。一家店的墙上大理石相框里挂着老板娘的照片，我觉得老板娘挺好看的，周涛不以为然，摇头晃脑地说："此女子老矣！"一转身，老板娘就站在他身后。周涛瞬间脸红了，把我给乐坏了，原来他也有害羞的时候。再转到另一家店，墙上的相框里是位著名作家的照片，他也上前打量了一番。我开玩笑说："怎么，想买回去吗？"他立即说："我家墙上除了我娘，谁也不会挂。"说出此话时，他眼圈竟然红了。这两个场景，脸红和眼圈儿红，让我一下觉得他是个性情中人。

熟悉以后我得知，我们俩都属狗，相差一轮。但我从没叫过他大哥,喊名字喊得很自然;偶尔喊周老师也带了几分调侃。他有次认真地跟我说:"你长得很像我母亲。"又解释说:"不是说你老,就是长得像,我母亲年轻时就是你这样。"他翻出照片给我看,是他母亲晚年的。我没看出所以然,毕竟年龄相差太大了。但他拿出母亲照片那一刻,我被深深感动了。

后来他的耳朵不好了,我给他打电话,我说我是山山,他反复问:"哪位?你是哪位?"我一着急就大声说:"我就是长得像你妈妈那个!"他马上说:"是山山啊。"可见,这句话,就是说长得像他母亲这句话,他只对我说过。可能真的很像呢。

我们去云南那一行,有沈阳军区创作室主任王中才,我们都叫他中才大哥。中才大哥一手好字,常给人留墨宝。周涛羡慕嫉妒恨,当场表示这没什么大不了的,他要是练练,也能写一手好字。据说,他练了一段时间后,字果然有了几分姿色。他去沈阳,就带了几幅给中才大哥看,中才大哥宽厚地予以肯定和鼓励。告别时,周涛不满地说:"说了这半天,你怎么不向我求一幅墨宝呢?"我得知后乐不可支。在我们刊物创刊二十周年时,我就请他为我们刊物题词,求了一幅墨宝。这幅墨宝我现在还收藏着。

我们时常在一起开会,部队的创作会。他是新疆军区创作室主任,我是成都的。有一回开会他很无聊,就在纸上涂鸦,顺手写了几句:"无言独上西楼,月如钩。寂寞梧桐,深院锁清秋。"写完丢在一边。我也无聊,拿过来接着写:"剪不断,理还乱,是离愁。别有一般滋味在心头。"他拿过去,很鄙夷的在我们俩写的字之间画了一条横线,然后上批"书法作品",下批"写字而已"。气死我了。

很多时候周涛都像个小孩儿,毫无城府。好像是哪届作代会,我们坐在大堂的茶吧里聊天,他抬起手腕给我显摆:"我这个表不错吧?"我敷衍说:"不错不错。"我完全不懂手表,对品牌也没兴趣。他看我漫不经心,就说:"我这个可是新的,不便宜呢。"然后报出了价格。我还是没在意,哦了一声。他实在忍不住了就问:"你的表多少钱?"我只好说了价格,应该是比他那个贵。他叫了起来:"你的居然比我的贵!"那神情,就像孩子比玩具比输了。较真的样子太好玩儿了。

大概是2003年,周涛和朱苏进、乔良三个老友一起到成都来玩儿。我自然赶去看他们。他一见我就说:"你们发现没,这山山年轻时就是个丑小鸭,没想到上年纪了反而耐看了。"大家都笑他乱说,纷纷安慰,说我年轻时就好看,现在也不老。我却觉得周涛说得非常准确。

我陪他们去爬青城山,他那时已经发胖,爬山不行了,挂个拐杖。爬几十级台阶,他就停下来大喘气,然后说:"此地甚好,坐下来喝会儿茶吧。"大家依着他,坐下来喝了会儿茶,接着爬。刚上了十几级台阶,他又站下来说:"此地甚好,坐下来喝会儿茶吧。"就这样,我们一路"此地甚好",喝了好几回茶才爬到山顶。打那以后,"此地甚好"成了我每次爬山都会想到的段子。

所以我说,想起周涛,总会想起他的笑声,想起好玩儿的事。

我们最后一次见面,也是开会,大概是个作品讨论会。他在会上发言,谈到军队女作家,特意表扬了马晓丽、项小米和我。我很少听他那么正经的谈文学,就认真聆听。聚餐时他端着酒杯走过来跟我说:"山山,知道我为什么把你排在第三吗?你这个人,从来不主动给我敬个酒。"然后哈哈大笑,又没正形了。我也大笑,我说:"现在敬你是不是晚了?"

其实我知道,那个排名是他心目中真实的想法,他只是为了安慰我才和我打趣。他是一个永远保持自己独到见解和品位的人。但他或许不知道,我也是个自己写自己的而不在意别人评价的人。我们两个属狗的,都不装。

后来他退休了,开会时见不到他了,再后来我也退休了,我们完全没有了交集的机会。他连作代会也不参加了。两年前,一位编辑托我联系他,我才意识到我都没有他微信,连忙通过朋友加上,再把他介绍给编辑。

有了微信后,我常看他的朋友圈,他总是随手拍几张院子里的瓜果蔬菜,或者是朋友相聚的照片,日子过得很快乐,很满足。他的小院总有客人来,一点儿也不寂寞,让我跟着高兴。我总是给他点赞,或许有一种弥补不能见面的潜意识。

上个月，我和几个女友去新疆旅游，不是自驾，是报了旅游团，行程被安排得很满。周涛看到我发的照片也点来赞，估计心里会想：这个山山居然不来看我。我其实很想去看他，应该有十几年没见了吧。我就想：如果最后一天返回乌鲁木齐时，时间还早，我就去看他。可是那天路上不顺，我们到达乌鲁木齐已经是晚上九点多了。第二天就要去机场，没时间了。我就给他发了一个信息，大意是说，行程安排紧，无法来看他，以后有机会专程去看他。当时脑子里有个念头，他这么健康硬朗，以后一定还会有机会见面的。

事后感觉蹊跷的是，我从来都叫他名字的，那天却喊了一声周涛大哥。也许长时间不见面，已经有些生分了？我很庆幸在最后叫了他一声大哥。他很快回复了我，说看到我们向北去了，估计是没时间，祝你此行快乐，后会有期。

不料，后会无期了。十天后他就走了，很突然。再相会，就要在另一个世界了。今年我总在写怀念文章，我的母亲也离开了人世，还有几位非常要好的朋友也先后走了。在悲伤的同时我忽然觉得，死亡没那么可怕了，因为在那个世界，已经有了那么多我的亲人，我的朋友。可敬的人，可爱的人，有趣的人，好玩儿的人。他们让那个世界温暖明亮。

周涛走到那儿，一定会朗声说："此地甚好，喝会儿茶吧。"

写于2023年11月8日夜

写给姨妈的信

姨妈:

从来没给您写过信。这个时代,信早已被电话代替了。但我也没给您打过电话。记得若干年前,您刚搬进新居,一个人很不适应,母亲就让我有空时给您打个电话聊聊天。我打过一次,听起来您的心情还好,就没有再打。现在想想真是后悔,虽然也有理由,离得那么远,工作忙,加上知道表哥表姐对您照顾得很好,但无论如何,也不该只打一次啊。无论如何,也该多听听您说说话,多听听您的笑声啊。

姨妈,昨天晚上,当我突然得知您去世的消息时,起初并没有太大的震惊,因为我知道您身体不好已经很多年了,有心理准备。当时我只是怕妈妈受刺激,你们姐妹的感情那么好,而且她还患有高血压病,是绝对不能激动的,于是马上给她打了个电话,安慰她,之后又给表哥打了个电话,又给姐姐打了个电话。再之后,我像以往一样在电脑前继续坐着。我原以为我不会太难过,我跟妈妈说的那些安慰话其实也是跟自己说的,姨妈八十四岁离去已经是长寿了,而且,走时一点儿痛苦也没有,是睡午觉时睡过去的。吃午饭时还好好的,吃过饭您照常午休,表哥和表姐夫在外屋聊天,后来发现您睡的时间比平时长,就进去看,这才发现您已平静地离开了。面容非常安详。应该说,这对于一位八十四岁的老人,已经是个很好的结局了,应该是善终了。

可是,我的身体还是有了反应,脑子发蒙,眩晕。毕竟血脉相连啊。于是我离开电脑进卧室看书,看不进去,看电视,也看不进去。我关了灯躺下,清晰地感觉到了心里的疼痛,鼻子发酸,嗓子哽咽,泪水在黑暗中无声地滑落。姨妈,无论如何,无论是八十四还是九十四,无论是走得平静还是不平静,我依然舍不得您走,依然希望您活在这个世上,好让我每次回杭州看父母时,也去看您,陪您聊天,听您用浓重的杭州话叫我一声"山山"……

姨妈,我对您的记忆,是和运河边的第一座桥——杭州拱宸桥连在一起的。我小的时候,您在杭州拱宸桥的丝绸厂上班,从火车站坐51路公交车就可以到那里。您在拱宸桥差不多住了一辈子。我当兵后、上大学后、结婚后,只要回杭州,仍会坐51路车去看您，路过的一个个站名都非常熟悉了。曾经有很长一段时间，拱宸桥成了我们家在杭州的唯一落脚点。母亲离开了杭州以后，每每回杭，只能去您那里了。在远离故乡的岁月里，我们家往返最多的信也是来自拱宸桥的。拱宸桥这个地名，在我，几乎成了故乡的代名词，您亲切温和的笑容，和拱宸桥连在一起，是我记忆中最温暖的画面之一。

妈妈常常跟我说，您年轻的时候是个大美人，几个姐妹里数您最漂亮。一直到结婚后，走在街上依然会有年轻小伙子追着看。我也看过您年轻时的照片，的确很美，一点儿不亚于二十世纪三十年代上海滩的那些影星。可是，真的应了"红颜薄命"的老话，您没享过什么福。姨父家里曾经很有钱，但在解放后变得一无所有了。您跟姨父到了杭州，在丝绸厂当工人，同时抚养孩子，照料姨父。姨父身体很不好，您非常辛苦。那个时候妈妈也在杭州，你们两姊妹虽然同在一个城市却无暇相聚，因为妈妈也是在工作的同时一个人带两个孩子，父亲远在部队，一年才能探亲一次。你们两姊妹都经历着人生中最艰难的日子。

我曾在一篇回忆文章里写到，在1957年的反右运动中，母亲被划为右派。迫不得已，把我托付给乡下的曾祖母，自己带着姐姐去山村"劳动改造"。父亲回来探亲，看到姐姐面黄肌瘦，身上生疮，心里难过不已，就用背包带将姐姐背在背上，准备带到部队去抚养。路过杭州时，被您坚决地留下了。您说，你一个大男人，又在工地上奔波（那时身为铁道兵工程师的父亲在福建修铁路），怎么养孩子啊？于是，您把姐姐留在了自己身边，当小女儿养，那时您自己已经有了两个孩子。直到两年后母亲重新回到杭州。

这是父亲母亲告诉我的。他们每每提及此事，都对您充满了感激，那个时候，很多人对右派是避之不及的啊。以您当时的状况，您也有理由不管的，可您没有，在我们家最最困难的时候，您伸出了援救之手。

后来姨父去世了。姨父去世时您才三十九岁，一个人带着三个孩子艰难度日，仅凭您每月五十多元的工资。可您那么要强，坚决不肯再婚，而且，也不肯向厂里申请困难补助。我曾听见您跟妈妈聊天时说，有一次厂里领导主动让您写申请要困难补助，您写好申请后又把它撕了。您说您实在是撕不下这个脸面去伸手要钱。那个时候我们一家已经离开了杭州。母亲留职停薪，做了随军家属，带着我和姐姐去了父亲部队所在地石家庄。父亲母亲看您实在太困难了，于是将您最小的儿子接到我们家来抚养，以减轻您的生活负担。表弟的到来让我有了做姐姐的经历，也让我心生嫉妒。因为爸爸妈妈对他太好了，超过了对我和姐姐。比如表弟来之前，每次爸妈买点心总是我和姐姐一人一份，表弟到来后依然买两份，却变成表弟一份，我和姐姐分一份。任何事情他们都优先考虑表弟。一直到我长大后才明白父亲母亲的心情。可惜表弟仅仅待了一年多，因到了上学的年龄，又返回杭州了。

我姐姐和表弟的交换抚养，让我们两家变得更亲了。姐姐叫您姆妈，表弟也曾叫我父亲爸爸。那样的亲情，在那样的年代，该是怎样的温暖啊。虽然您是徐家老二，父亲和母亲总是叫您二姐，我却从来不叫您二姨，只叫您姨妈。

1975年，母亲非常渴望恢复工作，就带着我回到杭州，想把户口迁回到杭州来。那时，您和三个孩子早已从宽敞的居室搬迁到了只有一间十几平方米的屋子里，即使那样，您依然敞开家门接纳了我和妈妈。我永远都忘不了那个情景：我和母亲坐在汽车站的站台座位上，您和表弟急匆匆地赶来接我们，把我们带回到那间已经住了三个人的小屋。小屋摆了一大一小两张床，还在天花板下搭了层"阁楼"，您让表哥睡在"阁楼"上，让我妈妈睡小床，您则带着我和表弟睡大床。表弟睡里面，您睡中间，我睡外面。我和表弟隔着您照样聊天讲故事，无忧无虑。那时表姐已经下乡了，若在家，我相信您依然会留下我们，想出别的办法来住的。就在这样的小屋里，我和母亲住了整整半年，直到落下户口才离开。现在想来，那是多么不易的半年啊！您本来有充足的理由拒绝我们，一家四口住一间已经拥挤不堪了，再来两个外人怎么住啊。可您没有，连牢骚也没有，连皱眉也没有。

姨妈,您一辈子没有富贵过,一辈子没有权势,可您却两次在我们家最困难的时候伸出了手,给了我们最大的帮助。在我看来,您就是我们家的贵人。

其实还有一次,您也"收留"了我。那是1984年,我去北京一家杂志社改小说稿,没有地方住。当时您正好在北京照顾表弟,表弟在人民出版社工作,有一间简陋的寝室,只能摆两张单人床,做饭什么的都在走廊上。得知我没地方住后,您让表弟去同事那里挤,把他的床让给我。我就又一次与您同居一室了。您每天烧好吃的菜给我吃,还把新织好的毛衣给我穿,待我如亲生女儿一般。后来表弟找了两张参观中南海的票,我就跟您一起去游览。在中南海,我们有一张合影。那时的您刚刚六十岁,虽然头发白了,面庞却显得非常年轻。那时的您,多有活力啊。

在后来的日子里,我每次探亲回杭州去看您时,都要提到这两段往事,提到1975年的杭州和1984年的北京。您也总是笑呵呵的,跟我一起回忆,还讲起我小时候闹的笑话:我去买糖,把什锦糖叫作神锦糖,去买杏肉(一种果脯)空手而归,因为杭州话叫杏肉为"昂妞",我怎么也不会说。我也告诉您,那时最开心的,就是跟您一起去菜市场买菜,您会给我买点儿零嘴儿解馋。记忆最深的是,一毛钱一个的糯米饭包油条,我跟在您的身后边走边吃,感觉好幸福。您很会烧菜,即使是最普通的蔬菜,您也烧得鲜美无比。1984年在北京那间简陋的房子里,我天天都能吃到您烧的可口的饭菜。本来这在北京是不可能的事,因此我度过了愉快的数天。一直到二十世纪九十年代,我都工作了,有孩子了,每次回杭州去您那里,您仍会烧很多菜给我们吃。您的简朴的家总是被收拾得干干净净,您的脸上总是挂着亲切慈祥的笑容。

其实1975年在杭州,还有一件事让我刻骨铭心,可我不愿再在您面前提起。不知您是否还记得?那是一个清明节,我和妈妈陪您去给姨父扫墓,汽车里非常拥挤,到郊外下车时,您发现身上仅有的十元钱被小偷摸走了。当时妈妈很替您生气难过,须知那时的十元钱,是一家人几天的伙食费啊,您的经济本来就已经很拮据了。可您却跟妈妈说,没关系的,我昨天晚上梦到他(姨父)了,他说他手头紧,一定是他拿去了。我当时听了,真的是好心酸。我想,在无数的困难日子里,您一定都是这样自己安慰着自己,自己支撑着自己。

1979年,母亲的问题得到平反,她重新回到报社工作,逐渐有了好心情,于是常常约您一起外出。你们一起去西湖边散步,一起去灵峰赏梅,一起去虎跑喝茶,也一起逛商场。虽然你们家是姐弟四人,但大姐在乡下,弟弟在北京,都离得很远,只有你们姊妹俩常在一起。因为家族的遗传,年过六十后你们都是满头白发了,两个花白的脑袋说说笑笑地走在一起,总会引来路人注视的目光。我因此写了一篇散文《老太太的回头率》,还被《读者》杂志选载了。其中写到您:

> 那位姐姐老太太,因满头的白发没有一丝杂质,面庞又总是那么白皙红润,走出去就常有人问,老人家,您多大年纪了?老太太说,七十多了。问者总是大为惊讶,啧啧不已。也许在他们看来,非得活到一百岁的人,才能拥有如此纯白的头发吧?
>
> 一年元旦,姐姐老太太去商店买扣子,她的一头白发在熙熙攘攘的人群中显得十分醒目。她在纽扣柜台选扣子,又有人来问她的年龄。也许那天老太太的心情特别好,也许她不想再看到别人吃惊的样子,于是就开心地说,我九十九了。
>
> 没想到这回答依然令人们大为惊奇,一些人马上围了过来,并且议论说:瞧这老太太九十九了,精神还这么好,啧啧。有意思的是,商店经理也闻讯赶来,亲热地对老太太说,老人家,您今天来我们商店买东西,真是我们的福气。老太太并不在意,微笑着选了七颗扣子。每颗一元四角钱,她拿出了十元钱准备付款。商店经理见此情景马上说,这七颗扣子就算是我们送您的了,我们不收钱了。

老太太对这料想不到的结局感到好笑，但看到大家都这么高兴也就不去戳破了。她乐呵呵地对经理说了许多"新年发财""万事如意"的话，然后就从容地捧着那价值九元八角钱的扣子回家去了。

姨妈，我多么希望您永远像那个时候那样慈祥快乐啊，永远笑眯眯地烧着菜招呼我们多吃些。可最近这些年，您的身体逐渐有问题了，虽然没有躺倒，却大不如从前。我去看您，发现您越来越清瘦，神情也变得忧郁起来。其实表姐、表哥和表弟，还有表姐夫和表嫂，他们都很孝顺您。可毕竟他们要上班，还要照顾自己的家。大多数时候，您是一个人独处，这样的日子让您寂寞不堪、清苦不堪。您跟妈妈说，很多时候您一个人站在窗边发呆，一待一个小时，觉得生活一点儿意思也没有。也就是那段时间，妈妈让我给您打电话。妈妈也曾动员您去上老年大学，您有很好的绘画基础。您去了，也学得很好。我看到过您画的那些画，好漂亮，我问您要，您不肯给我，总觉得不够好。您就是太爱面子了，太要强了，后来您不肯再去老年大学，也不肯和街坊老太太们一起搓麻将玩耍，都有这个因素。您骨子里的清高好强，到老也没有改变。

数年前，我正在杭州休假，突然传来您住院的消息。我和姐姐急忙赶到医院去看您。当时您睡在床上，显得那么瘦小无助,我很难过。在我的印象里,您永远是坚强的、能干的,是不会倒下的。从那以后,我离开后,在杭州的姐姐常去看您,她跟我说,姨妈那么爱干净,一辈子都不愿意进医院,现在却不得不躺在那儿,好可怜。在稍微好些之后,您就回家了。可是很奇怪,我每次去看您时,您的状态都挺好,让我很宽慰。去年我去看您时,您还告诉我,您正在读我的书,已经读了两本了。您还幽默地说,现在我的书桌上都是裘山山的书。您心情好的时候,常常有机智幽默的话蹦出来,让我们开怀。

姨妈,写到这里,我依然很难相信您已经离去。就在几天前,今年的大年初四,我和姐姐、姐夫还去看了您。我没有意识到,那是最后一次看到您。

在路上买水果时,我看到有很好看的百合,我知道您和妈妈一样喜欢花,但那花很贵,我想您自己肯定舍不得买,就买了一大束。进门后我急着让表姐找花瓶插上,然后才坐下来和您聊天。那束花,至今还没有凋谢吧?那天您的话很少,口齿也不大清楚了,但神情很高兴,表弟也从国外赶回来陪您团年了。您依然慈祥地招呼我们吃这吃那。儿女们围坐在您身边的日子,是您最开心的日子。当时我和您紧挨着一起坐在沙发上,看着您清瘦的样子,情不自禁地轻轻抚摸您的背,其实是很想抱抱您,但羞于表达。

后来表弟从里屋拿出一封信,说是我十多年前写给他的,还说是您头两天刚整理出来的,同时整理出很多"文物",包括表弟小时候的成绩单。(现在想来,您对自己的走有预感吗?)我当时很想问,我没有给您写过信吗,仅仅给表弟写过吗?可我没问。您当时还幽默地说了一句:"山山现在是人物了,这封信有保留价值了。"这,大概就是您对我说的最后一句话了。

姨妈,我想告诉您,在您面前,我永远是您的外甥女,是那个跟您挤在一张大床上睡觉的外甥女,是那个跟在您身后吃糯米油条的外甥女,是那个漂泊在北京把您当成暖巢的外甥女,也是那个太少太少关心您的不懂事的外甥女……姨妈,写下这封信,不是为了有什么保留价值,只为对您说一声,对不起。

真的对不起,姨妈。请原谅我,我不是个好外甥女,在您生前没能好好报答您,没有对您说一声谢谢,也没有常常买花给您,让您开心。姨妈,请一路走好,见到久别的姨父,替我们问候,愿您孤单寂寞的心从此安宁。

姨妈,我会永远把您的美丽善良留在记忆里。

您的外甥女山山急就于 2008 年 2 月 17 日
您离去的第二天

永不凋谢的玫瑰
——怀念白曙阿姨

忽然听闻白曙阿姨去世了。尽管她已是九十三岁高龄,可一想到那么一个充满活力、和蔼可亲的阿姨走了,心里还是抑制不住的难过。一时间我脑海里就浮现出她爽朗大笑的样子。

我和白阿姨原先不认识,虽然同在一个军区大院,也没什么交集,毕竟她是老革命。记得是2015年,我在军区创作室任职时,有一天,宣传部领导跟我说,有一位老干部写了回忆录,希望你们创作室帮忙看一下,润润色。这样的事,我们时不时会遇到。我自然应允。

后来稿子送来了,我忘了我是让哪位创作员看的,他们回复我说,写的还挺好的,也不需要润色。我们就写了个意见,返还给她。那时我只知道这位老干部是女性,开国将军刘振国的遗孀,自己也是十八军的女战士,姓白。我们就称她为白阿姨。

过了些日子,办公室的刘燕告诉我,白阿姨打来电话,非常感谢我们帮她看稿,要请我们去郊游。

我很犹豫,一个是,我们也没做什么,加之每个人手头都有好多事;再一个,我感觉我们跟着一个老阿姨,怎么玩儿呢,于是就婉拒了。

不想白阿姨非常执着,不断打来电话,终于,我觉得不好意思了,就答应去玩儿。

白阿姨热情洋溢地建议说,城郊新建了一个玫瑰园,有好多玫瑰,我们去看玫瑰吧。当时已是5月下旬,我就开玩笑说,那好,我们提前过个六一儿童节吧。

那天我们竟然玩儿得很开心,虽然玫瑰有些败了(都怪我一拖再拖),但白阿姨很可爱。我们和她在一起,丝毫感觉不到她的年迈,当时她已经八十五岁了,可说话行事都不像个老奶奶。

回家后我发了一个朋友圈,可见很开心。

  今天提前过六一节,跟着白阿姨上玫瑰园。

  白阿姨是老十八军战士,八十五岁了,依然精神矍铄。我们有缘相识,她一定要请我们到玫瑰园来玩儿,说了好多次,今天终于成行。进到玫瑰园,发现大部分玫瑰已经谢了,白阿姨马上说,咱们回吧,也算是看过了。那份儿果断太像指挥员了。

后来我们终于找到了大片的玫瑰,饱了眼福。我说,白阿姨,我们合个影吧。白阿姨把拐杖往地下一扔,站直了身子说,好!军人气质立现。

谢谢白阿姨,否则我根本想不到要来郊区看玫瑰。

(2015年5月31日)

那天我们拍了不少照片,其中我给她拍的一张,她很喜欢,我回来后便去给她放大了一张,装在相框里送给她。她非常开心。

过了些日子,又接到白阿姨电话。那天早上我刚在电脑前坐下,就看到手机上有白阿姨来电,老人家的电话我是必须接的。

白阿姨上来就说,我给她放大的装相框的那张玫瑰园照片,她拿到了,特别喜欢。

白阿姨接着说:"山山有个事要和你商量。"我说:"好的,您说(其实心里稍稍紧张)。""今年不是建国66周年吗?""对。""××部门要出一本大型纪念册。""哦。""他们要收入我写的一篇文章。""好啊。""那个纪念册里面有好多名家。""是吗?""我得认真对待,所以和你商量一下。(麻烦终于来了,要我修改文章,还是干吗?)""我能不能把你给我拍的这张照片,用到书里面?""嗯?你是说用我给您拍的照片吗?""对,就是我个人那张,会署你名字的。"

我哈哈大笑："没问题，白阿姨，用吧用吧。不需要署名。"可爱的白阿姨，羞愧的我。

我把这个事又发到了朋友圈，朋友们看了，也和我一样觉得白阿姨太可爱了，同时大家都没想到，老革命会如此尊重版权。白阿姨此举，会让今天的很多人惭愧吧。

后来白阿姨出了新书，书名是《岁月如歌》。我们军区的屈全绳将军亲自为她写了书评。我看了书评，才知道和蔼可亲的白阿姨，有着不平凡的人生经历。

白曙阿姨1929年出生在一个中医世家，从小在学堂念书，1947年她考入了开封师范。1948年在革命热潮激励下，毅然放弃学业入伍参军，此后一直跟着部队转战南北。1950年，白阿姨跟随十八军指战员一起徒步走进西藏，还一路做着宣传工作，真是历尽千辛万苦。二十一岁那年，白阿姨嫁给了刘振国将军，之后又历经坎坷，一言难尽。直到年过半百，她才在成都安定下来。

白阿姨多才多艺，既会拉手风琴、唱歌，也会写文章、写诗。当过文化科干事，也当过图书管理员。晚年她开始写《岁月如歌》，回忆一生的光荣与艰辛，回忆军旅生涯的峥嵘岁月。其中有散文随笔，有诗歌，有书信日记，还有很多老照片，很珍贵。

2018年，一家影视公司打算重拍我的小说《我在天堂等你》，几个年轻的主创人员来到成都，希望采访老西藏军人，找找感觉。我便领着他们，一一拜见采访了几位老十八军军人和老西藏军人，其中就有白曙阿姨。三年不见，白阿姨依然精神矍铄，谈笑风生，脑子很清楚，让小姑娘们佩服不已。

说起来，我就见过她这两次，但是印象却如此深刻。一想起她，眼前便是红艳艳的玫瑰花。后来我也退休了，离开了军区大院，再没见到白曙阿姨了。

没想到，在这个寒冷的冬天，她走了，离开了我们。

但在我心里，她是一朵永不凋谢的玫瑰。

写于 2023 年 1 月 9 日

在吉安遇见文天祥

在我们这个古老的诗歌国度,很多地名一直在诗歌里熠熠生辉。比如"故人西辞黄鹤楼,烟花三月下扬州""羌笛何须怨杨柳,春风不度玉门关""峨眉山月半轮秋,影入平羌江水流",俯拾皆是。还有很多人名,是乘着诗歌的翅膀代代相传的。且不说李杜,你一读到"慈母手中线,游子身上衣"就会想到孟郊,一读到"两情若是久长时,又岂在朝朝暮暮"就会想到秦观,一读到"少小离乡老大回,乡音未改鬓毛衰"就会想到贺知章,等等。这样的诗句,几乎成了诗人的标识。

如此,一说到吉安,我脑子里就冒出了那句豪情万丈的"十万工农下吉安";一说到文天祥,我脑子里则冒出了那句大义凛然的"留取丹心照汗青"。前者是革命根据地,后者是抗元英雄,他们的名字都和诗一起,在我脑海里留下了深深的烙印。

可是,真的来到吉安,真的在吉安遇见了文天祥,我才发现,我从诗歌中得来的认知,还是太单一了。行走数日,在吉安这片神奇的土地上,我的认知一次次被刷新,而这样的刷新,是让人愉悦、让人振奋的。

先说吉安,毛泽东的那首《减字花木兰·广昌路上》,可谓气势磅礴,"漫天皆白,雪里行军情更迫",句句都透出革命根据地艰苦卓绝的斗争形势。我们都知道,当年毛泽东和朱德,就是由此地登上井冈山的:"风雷动,旌旗奋,是人寰。"在如火如荼的革命斗争中,英雄辈出。可是真的来到吉安,我才意外得知,吉安不仅是革命根据地,还是个科举强府。它不仅出英雄,还出读书人、出秀才。

在吉水进士文化园,我吃惊地(也是孤陋寡闻地)发现,吉安在历史上曾以三千进士享誉天下。数量之多,超过了很多省的总人数。三千进士之上,还有十七个状元!难怪被称为"状元之乡"。能成为状元之乡,得益于吉安对办学的重视,曾经的吉安,书院林立。在官府办学之外,还有乡绅办学、商人办学、都坊办学。白鹭洲书院、崇德书院、兴仁书院、双江书院、连奎书院、元培书院……数不胜数,有时候一个村子会有好几个书院。我在惊讶之余,充满了敬佩。

而吉安的十七位状元里,就有文天祥。

又一个大大的意外击中了我，原来文天祥不只是抗元英雄，还是个学霸。以前读书时，也学过文天祥的事迹，其中应该有考取状元的记载，可我只记住了他宁死不降的壮举，只记住了《过零丁洋》诗："人生自古谁无死，留取丹心照汗青。"也许是因为他作为抗元英雄的光环太亮了，而淹没了其他。

在吉安，我们循着文天祥的足迹走。离开吉水来到青原。青原是文天祥的出生地，文家老宅虽已不复存在，但门前的大樟树依然郁郁葱葱；我们又从青原来到白鹭洲书院，这里曾是文天祥少年求学的地方，至今依然在办学；我们又从白鹭洲书院来到吉州窑，这里曾是文天祥率义军抗元的地方，曾有数万窑工追随他加入战斗。

在吉安，处处能遇见文天祥，时时能听到他的故事，人人都为他感到骄傲。我在心里不断发出惊叹：原来文天祥的祖籍在成都，是四川人；原来文天祥是在杭州考取状元的，也是在杭州起兵勤王的；原来文天祥是个帅哥，相貌堂堂，身材魁梧；原来文天祥是个孝子，考取状元后，因父亲去世，毅然放弃仕途，回家守孝三年；原来文天祥是个慈父，育有两个儿子四个女儿，遗憾的是，由于战乱，两个儿子皆在少年时夭折；原来文天祥因刚直不阿，曾三遭贬黜，但初心不改；原来文天祥是在广东海丰被捕，在北京菜市口就义的，年仅四十七岁……

无数个"原来如此"，在我心里勾勒出一个完整的、鲜活的、伟岸的文天祥。

文天祥自幼聪慧好学，且志向高远。在饱读诗书的老父亲的熏陶下，他考取功名的道路一直很顺。县试、府试、院试、乡试、会试，一路考上来，没被拦住过。二十一岁那年（1256年），在父亲的带领下，他和弟弟文璧远赴杭州，去当时的南宋首都杭州（古临安）参加殿试。不巧考试那天他生病了，发高烧，但依然发挥出色。以"法天不息"为主题，没打草稿，就洋洋洒洒写了一万多字，有理有据，切中时弊，还建议皇帝严肃纲纪，整饬吏治，听取公论，奖励直言。

即使放到今天看，文天祥的那份试卷《御试策》，也是一篇极为优秀的论文，有思想、有文采、有激情，还有胆魄。当时的皇帝宋理宗阅卷后大为赞叹。在得知考生名叫文天祥时，高兴地说："天祥者，宋之瑞也！"然后拿起朱笔在卷子上写了"第一甲第一名"六个字。

真是响当当的状元。我在博物馆看到一幅图，图上的文天祥披红挂彩，头插金花，打马游街，临安城万人空巷，人们争睹这位庐陵才子。这样的画面让我感到陌生，也让我心生欢喜。

文天祥虽满腹经纶，却不迂腐；虽英勇善战，却不粗鄙。他在一辈子率兵打仗、出生入死的同时，竟留下了一千余首诗词，可以毫无愧色地站在诗人的行列。除了我们耳熟能详的《过零丁洋》和《正气歌》之外，他还写了非常多的古典诗词。

浏览他的诗作,你会发现他的诗风在不断变化。早期,在还没有经历过太多沧桑时,即使被罢免回家,他也登高望远,下棋垂钓,故写了很多风月词:"两两渔舟摇下,双双紫燕飞回。流水白云芳草,清风明月苍苔。""去年尚忆桃红处,好景重逢橘绿时。"当然,也偶有抑郁不平之作:"桑弧未了男子事,何能局促甘囚山。"

后来受尽磨难、九死一生,他的诗风大为改变。尤其是元军入侵之后,他虽满腔热血,却也无力回天。当兵临城下,朝廷内投降求和派占了主流,强行解散了他的抗元义军时,他拿着解散令放声大哭,挥笔写下五绝:"只把初心看,休将近事论。誓为天出力,疑有鬼迷魂。明月夜推枕,春风昼闭门。故人万山外,俯仰向谁言。"之后,他与朝廷众官皆陷入敌营,被拘北上,他写下了"男子铁心无地着,故人血泪向天流"这样悲愤交集的诗句。再之后,他重新率兵抗元,征战途中写下了"但令身未死,随力报乾坤"以及"臣心一片磁针石,不指南方不肯休"这样忠心耿耿的诗句。当再次身陷囹圄,有朋友不顾安危来看他时,他写下了"白骨丛中过一春,东将入海避风尘。姓名变尽形容改,犹有天涯相识人。"这样百感交集的诗作。"白骨丛中过一春"七字,足以呈现出他所经历的生死磨难。可以说,他后期的每首诗都渗透着从心底流出的血。

想当年考取状元时,宋理宗曾大笑说:"天祥者,宋之瑞也。"虽然文天祥终其一生拯救大宋,却依然没能阻止宋的灭亡,我仍想说,他依然是"宋之瑞也",而且是我们整个中华民族的祥瑞。他为官清廉刚正,一次次被贬黜,数度沉浮。可是一旦国家遭难,依然不顾一切地站出来,散尽家财,招募士卒勤王。第一次被捕后,历尽艰辛逃脱,但没有躲回老家保命,而是再次聚兵抗元,征战在江西、福建、广东数地,直至再次被捕。

文天祥再次被捕后,深知已无力回天,便以绝食明志。元军知道他是个声名赫赫的统领,不让他死,软硬兼施想让他投降归顺,用竹片撬开他的嘴,用竹筒强行灌食,以致每顿饭都鲜血淋漓。为了让他下跪,元兵曾打断他的膝盖,他依然凛然不屈。他在狱中写下了浩气长存的《正气歌》:"当其贯日月,生死何足论……顾此耿耿在,仰视浮云白。"当他被元军囚禁在船上漂过零丁洋时,他便写下了那首著名的《过零丁洋》:

辛苦遭逢起一经,干戈寥落四周星。
山河破碎风飘絮,身世浮沉雨打萍。
惶恐滩头说惶恐,零丁洋里叹零丁。
人生自古谁无死,留取丹心照汗青。

元军统领忽必烈对这位宁死不屈的大臣,也是心怀敬佩,不忍杀,曾召见他说:"你若回心转意,效忠于我,我就把中书省宰相的位置给你。"文天祥断然拒绝,简洁明确地回复说:"愿赐我一死就满足了。"行刑前。文天祥朝南跪拜,凛然慨叹:"大宋遗臣文天祥,报答国家到此为止。"

他死后,狱卒在他的衣带上发现了遗书:吾位居将相,不能救社稷,正天下,军败国辱为囚虏,其当死。久矣,顷被执以来,欲引决而无间,今天与之机,谨南向再拜以死。其赞曰:孔曰成仁,孟云取义,惟其义尽,所以仁至。读圣贤书,所学何事?而今而后,庶几无愧!宋丞相文天祥绝笔。

这简洁而鲜明的遗书,让我们看到了一个学养深厚的文天祥,一个激情满怀的文天祥,一个铁骨铮铮的文天祥。

所以,当我在吉安遇见一个作为状元的文天祥、一个作为诗人的文天祥、一个作为清官的文天祥、一个作为普通人的文天祥时,最让我感动不已的,还是那个作为抗元英雄的文天祥。在中国,状元虽少,也有五百余位,而文天祥,只有一个。

写于 2021 年中秋

子非鱼

六月里闷热的一天,我回到了母亲的老家浙江东阳,见到了我的表哥和表妹。还在路上,我就跟专程送我去的朋友说,我很佩服我表哥,也很敬重他。他是个非常了不起的人。

老实说,我已经不太想得起表哥的样子了。可以用那个词来形容,阔别二十多年,我猜想他的变化一定很大。但一见之下我还是吃了一惊:出现在我面前的完全是个老农民——我说这话丝毫没有贬义——黑黑矮矮的,胡子拉碴的,穿了件很新的短袖衬衣(估计是因为我要去才套上的),趿拉着拖鞋。他笑容满面地迎上来和我握手,站在他身后的,是更为瘦小的表嫂。

我想我的朋友一定很诧异吧。

但我一点儿没说假话。就是这个人,这个既不高大英俊,也谈不上风度气质，更没有什么名声地位的人，让我非常佩服和敬重，甚至有点儿崇拜。

他是我大姨的儿子，大姨家孩子多，他初中一毕业就没再读书了，直接去姨父所在的乡村学校做了老师。做老师时，他看到学校的上课铃是由人工操作的，如果忘记了或者看错了，就会提早或延误，他就琢磨了一个小发明，定时电铃，四十分钟一到就响铃下课，十分钟一到又响铃上课，学校马上采用了。他脑子闲不住，又开始琢磨电脑。须知那是二十世纪七十年代，一般人连电脑是什么都不知道，而他这个在乡下长大的孩子，却自己画了一张电脑图，然后寄给了我的父亲。他认为我父亲是工程师，应该懂，哪知父亲是学土木工程的，对这"高科技"完全看不懂，但称赞不已，将那卷图纸小心地保存下来（一存三十年，后来终于交还给了他儿子）。打那以后，父母每次提起他必用一个词，聪明。有时是两个词，真聪明！

不过，这还不是我佩服他的原因，毕竟聪明的人很多。

1977年高考一恢复，初中毕业的他马上报名参加，并且考上了，是他们方圆百里唯一一个考上的。不料政审时却被刷了下来，因为大姨的所谓历史问题。那个时候，"文革"的影响尚未消除。他一气之下不再去考，而是娶妻生子过日子。到1979年我考上大学时，二十三岁的他已做了父亲。但他毕竟是个聪明人，脑子闲不住。改革开放之门刚打开，他就辞去学校的铁饭碗,承包了队里的鱼塘。他一开干就与众不同,打破了传统的养鱼方式,在鱼塘上搭葡萄架,为鱼塘遮荫,在鱼塘四周种菜,把鱼塘里的底子捞起来当肥料,又用菜上和葡萄上的小虫子喂鱼,充分利用了生物链。退休在家的大姨父成了他的得力助手,父子俩吃大苦耐大劳,很快便成了万元户,是县里的第一个万元户,戴红花发奖状,县长书记都请他吃饭介绍经验。

这回父母跟我说他时,不光说聪明了,必加上"真能吃苦""真能干"这样的感叹。而那时的我正在大学读中文,陶醉于朦胧诗什么的,好高骛远,听妈妈滔滔不绝地夸他,还有些不以为然。

聪明而能吃苦的人也很多啊,这也不是我佩服他的原因。

二十世纪九十年代初,正当他们一家红红火火勤劳致富甚至不惜重罚生下第二个儿子时,妻子突然病倒了,是一种罕见的病,气管里长了一个瘤子,如果不及时手术的话性命难保。当地医院是不行的,必须去上海。他当机立断,将正在哗哗来钱的鱼塘、葡萄架统统抵押掉,然后取出所有存款,让刚上初中的大儿子休学一年照顾菜地,把小儿子托付给父母,自己便一人带着妻子去了上海。

他让妻子住进上海最好的医院,他跟医院说,他要全国最好的医生给妻子动手术。为此,他花掉了所有的钱,所谓倾家荡产就是这个意思吧。庆幸的是,妻子的手术很成功,虽然将终身带着一个仪器过日子，但已没有了生命危险，好好地活到现在。

他终于让我佩服了，不只是佩服，还有敬重。他把妻子的命看得比天大，大于钱财，甚至大于儿子的前途。这不是一般人能做到的。

从上海回到家乡后，他决意从头开始，从一贫如洗的起点开始。他看中了村子外面的一片河滩。河滩上除了沙石还是沙石，但他却勇敢地与政府签下了二十年的承包合同，他要在这荒芜的河滩上建一个现代化的养鱼场。

儿子回到学校继续读书，老父亲仍是他的重要伙伴，还有他的母亲，在背后默默地支持他。他们开始了艰难的创业，在河滩上挖鱼塘，用水泥硬化底部和四周，然后引水养鱼；其中的辛苦，是我无法想象和描述的。鱼塘挖了一个又一个，年年都在增加。当开挖到第十个时，老父亲反对了，老父亲觉得那些鱼塘已足够他们过上好日子了，也足够他们忙碌辛苦了。但他就是不肯住手，坚持要扩大，以至于和老父亲冲突。老父亲拿他无奈，只好跟着他继续苦干，就这么着，一直干到他们的渔场成为那一带最大的渔场。他没再搞葡萄架了，而是在鱼塘边种树。河滩上没有土，就一车车从外面拉土，种了梧桐、棕榈、桃树和铁树，还有石榴树和广玉兰，还有茶花和兰草……将一片荒芜的河滩，变成了一个像模像样的美丽渔场。

我能不佩服吗他？从归零的地方重新开始，把失去的一切再夺回来；不怨天尤人，不唉声叹气；只是干，脚踏实地地苦干。

在艰苦创业的同时，他将两个儿子培养成才了：大儿子今年在英国取得博士学位，儿媳妇是英国在读博士；小儿子也即将获得英国某大学的学士学位。但我说的"培养成才"还不止这个，而是他的儿子每次从英国回家度假时，会马上跟他一起下地干活儿，跟渔场的普通工人没两样。

我能不佩服他吗？在今天这个社会，把儿子教育成这样，实在了不起。

到我去时，表哥的渔场已经有了三十多口大鱼塘，以罗非鱼（一种非洲鲫鱼）为主，成了当地的罗非鱼养殖基地。每个鱼塘都有增氧机、投放饲料机；为了让鱼苗顺利过冬，他还建了好几个有暖棚的鱼塘，烧锅炉，送热水。如此繁重忙碌的工作，整个渔场连他带工人才四个。8月鱼儿丰收时，渔场每天要拉几卡车的鲜鱼到杭州去卖。一连可以拉上三个月，可见他们渔场的产量之高（本来写到这里，我想打个电话跟他核实一下具体数字的，但害怕他倔头倔脑地不让我写。我还是先斩后奏吧。）

如今五十多岁的他，依然每天在鱼塘干活儿，白天顶着大太阳汗流浃背，晚上也不得安宁：睡前和半夜，都要起来巡视鱼塘,一旦发现哪个鱼塘有缺氧现象,就立即打开增氧机。表嫂跟我说:"他好辛苦啊,一年到头从来睡不了囫囵觉,连春节也一样。"

我无法不佩服他,甚至有点儿崇拜:已经有了千万家产的他,依然如普通农民一样辛勤劳动——因为劳动让他愉快;依然穿最朴素的衣服——因为那样让他自在;依然住最简单的房子——因为那是他亲手建的。他家的楼房连马赛克都没镶,但门前有开满睡莲的水塘,还有可以乘凉的紫藤架,他在用汗水泡出来的土地上像鱼儿一样自在地生活,辛苦并快乐着。

从来没离开过故土的表哥一点儿不自卑木讷。两个在英国读书的儿子一再邀请他去英国玩儿,他因为离不开鱼塘而没能成行。今年小儿子又催促说:"你再不来,我就要毕业了。"他笑眯眯地说:"你们别催我啊,小心我去了不回来。"表嫂说:"你不回来,能在那儿干吗?"他笑而不答。我相信,他如果真的想待在英国的话,是绝对可以找到事情做的,而且不会干刷盘子洗碗的事,一定是干他喜欢干的事。我相信他有这个本事。

我时常想,如果表哥那年进了大学,如今会是什么样。我是绝对相信他能成为一个优秀的科学家或工程师的,没准儿也和我们的舅舅一样成为院士——虽然我无法想象他穿着西装待在实验室或者大学课堂上的样子。

和我一起去的朋友感叹说，你表哥的目光是睿智的、自信的、从容的。我说是的，他是一个按自己想法去活并且活得精彩的人，但凡了解了他的经历，恐怕没人不佩服他。

如今表哥已经是做爷爷的人了，小孙子今年年初在英国出生。他给小孙子取名为子鱼。我问他此名是否取自《庄子》中那句著名的话：子非鱼，安知鱼之乐？他却一本正经地说："不是的，我取这个名字，是因为我们是鱼的孩子。"我说："你在养鱼，怎么成了鱼的孩子？"他狡黠地笑笑说："子非我，安知我不是鱼之子？"

2009年7月5日完稿于正好花园

祖祖的故事

之一：祖祖住院记

上个周末的晚上,我等儿孙忽然得到消息,说祖祖她老人家住院了,而且动了手术。大家的心一下悬起来,赶紧匍爬跟头地赶往医院。

祖祖是我儿子对老人家的称呼,我们则叫她奶奶。追根溯源,她是我儿子的爷爷的亲姑妈,按理我们该叫她姑奶奶才是。但我们所有的孙子辈都一律叫她奶奶,这并不是因为"姑奶奶"名声欠佳,而是因为在她那一辈里,就她一个奶奶了,是名副其实的老祖宗。我们叫她奶奶,我们的后代自然叫她祖祖。祖祖,四川话就是祖奶奶的意思。

祖祖银白色的头发总是梳得整整齐齐,面色红润,衣着整洁，头脑清醒，说话也不含糊。不含糊不仅仅是口齿，还有思维。我从没听她说过糊涂话，无论什么场合都很得体。有一次我忍不住夸她，我说奶奶你可真会讲话，她笑眯眯地说，就是，我也不晓得我啷个（怎么）那么会讲话。

不仅如此，几年前祖祖年轻的时候，还兼管着办公室的账务呢。祖祖生于辛亥革命那一年，1911年，今年（2004年）九十三岁。就是说，她管账的时候是八十多岁。

九十三岁的祖祖在住院之前一直在上班，大概是我国，或者说世界上最老的上班族。（不知是否可以进入吉尼斯纪录？）祖祖上班可不是作秀，摆pose，她在成都市佛教协会供职，每天由侄孙女婿开车送到单位，主要负责办公室的工作，迎来送往，发通知接电话，很顶用。尤其在接待上，我想任何一个公关小姐都比不上她，无论来的是哪方客人、哪方和尚，她都能接待周到而又有分寸，让客人舒舒服服、愉愉快快。祖祖是解放后开始工作的，1950年，至今也有半个世纪的工龄了，是正经的国家公务员，其级别相当于主任科员，祖祖因此还拥有一套单位分给她的三室一厅的房子。

祖祖年轻的时候只有一个儿子，丈夫在解放初期病故了，儿子因为身体不好也先于她离开了人世，是祖祖一人把孙子们带大的。如今孙子们都已年过半百了，最大的重孙都二十八岁了，再加上旁支的一大堆儿孙，祖祖膝下也是绕满了后代的。

如果要发挥主观能动性搞个社会新闻出来，弄个五世同堂也是可以的。但祖祖从来不跟儿孙们提这种要求，不干涉儿孙们的事。她常说她已经很满足了："人嘛，活过七十岁是活一年赚一年，活过八十岁是活一个月赚一个月，活过九十岁是活一天赚一天。"所以现在是祖祖最赚的时候。

平日里，祖祖身体很好，举个简单的例子，有一天几个年过半百的孙子孙女在聊天，聊到了身体。一个说，最近查出来"三高"；一个说，查出脂肪肝。祖祖听见了，好奇地问："啥子是三高噢？啥子是脂肪肝噢？"惹得儿孙们大笑，同时惭愧不已。到如今，祖祖的血压还是正常的，心肝脾肺都没毛病，我所知道的毛病就是个慢性咽炎。还有一回得了肩周炎，她自己就把它治好了。当时她已经七十好几了，肩膀疼得梳头都没法梳。儿孙们叫她不要上班了。她说："嗨，你们不晓得，这个毛病就是要做事。"她仍每天一早去佛教协会，一去就端一大盆水抹屋子，从办公室抹到会议室，从桌子抹到凳子，一抹就是一个多小时。不久之后，她的肩周炎真的就好了。祖祖为此十分自豪，经常向我等儿孙介绍。

不过在我的记忆里，祖祖还是住过三次医院的。

第一次是七十六岁那年，祖祖和她的重孙一起上街，看见卖叶儿粑的，嘴馋了，就和重孙两个人在街边上买来一人吃了一个，不够，又一人添了一个。这下可好，引发了阑尾炎。祖祖被孙子们火速送到医院，当晚就做了手术。手术非常顺利，一周后就拆线。医生们惊奇地发现，祖祖的伤口愈合得像头发丝那么细，什么感染啊、并发症啊，一律没有。他们还来不及将祖祖的事迹传诵出去，祖祖就出院啦！

　　第二次住院是祖祖八十三岁那年，她去省政协办事，下台阶时不留神摔了一跤，额头当即肿了一个大包。可把儿孙们吓坏了，又火速送往医院。医生一听说她八十三岁了，比儿孙们还紧张，摔个六十多岁的他们都紧张，何况八十多岁。马上上了各种监护，特级护理，并且赶紧检查，拍X光片，照CT，等等。我头天没来得及赶到医院，是第二天去的，去的时候做好了思想准备，要见到老人很惨的样子，不料，祖祖除了躺在床上头发有些乱之外，竟和以往区别不大。我说："奶奶你哪儿摔了？"她摸摸头说："这儿。"我仔细看，眉眼上还有一点瘀青，包块早就消散了。仅仅是一夜之间啊！

　　此事又成了奇迹，传遍了该医院的整个住院部，常有医生、护士及病友们前来参观，围着床啧啧称赞。祖祖笑眯眯的，躺在那儿接受大家的赞美。祖祖很认真地跟我说："我躺在床上就想，观音菩萨的光，照在我的包上，观音菩萨的光，照在我的包上，嘿，今天早上它当真就散了的嘛！"

　　这里就需要介绍一下。祖祖信佛已有几十年，是个虔诚的居士。她的虔诚不仅仅在于平日里烧香念经拜佛，更主要的是喜欢做善事，且心胸开朗豁达，不计凡俗小事，对任何人任何事都往好处想，非常乐观豁达。

说说让我印象深刻的一件事吧。那年春节，祖祖和儿孙们团年。祖祖喜欢热闹。她最大的快乐，就是把自己的钱掏出来，将家族中的七大姑八大姨，加上老邻居老朋友，乃至过去在他们家挑水洗衣服的用人全部请来，大摆筵席吃上一顿。我参加过几次这样的宴会，人多得根本不知道谁是谁。有路人从旁边过时议论说，是哪个单位在这里搞活动哟！那年春节，儿孙们一起团年，也是去饭馆包席。出门时，有人提出让祖祖坐车去，有人则说那饭馆离家很近，不必坐车，走过去就行了。那时祖祖已经九十岁出头了，虽然身体一切都好，但走路已经颤颤巍巍、不大利落了。于是大家就搀扶着祖祖走。一走才发现距离相当远，连我都觉得该坐车。大家心里都有些后悔，怕把老人家累着了。先说路不远的人更是紧张，怕被埋怨。好不容易到了饭馆，祖祖走到门口，看见迎宾小姐，就笑眯眯地对众人说："哎哟哟，那么乖个妹妹站在这里等我呢！"大家全乐了，心里一块石头落地。我当时看着祖祖发自内心的满面笑容，真是很感动，我想我是做不到的，就是不抱怨，也会叹两口气，表示自己累着了。

祖祖就是这么个总让人愉快的老人。

除了那两次住院，祖祖去年还病过一次，是腰肌劳损。她去参加佛教协会的一个活动，来的人特别多，很多人都对她敬重有加，知道她来了，都跑到她跟前去请安。每一个请安的人来了，祖祖都要站起来还礼。那个沙发又软又深，祖祖就这么起来、坐下，再起来、再坐下，一天活动结束，就弄出了腰肌劳损。我去看她，埋怨地说："奶奶你也是，那些年轻人来请安你就坐着嘛，老站起来还礼当然累了！"祖祖说："坐着要不得，没礼貌。"我说："你都那么大岁数了，谁会计较你的礼貌啊？"她还是笑眯眯地说："要不得。"

算上这一回，是第四回。

晚上赶到医院我才得知，祖祖这回得的是胆囊炎。早上起来她觉得不舒服，自己就给认识的一位医院的院长打了电话，院长叫她去检查。儿孙们就赶紧把她送到医院。院长确定是胆囊炎，并决定马上手术。打开一看，幸亏及时，胆囊鼓鼓的，胆囊壁都快被里面的石头撑破了，其中有一块还刚好堵在胆管里，非常危险。手术后我等后代儿孙们都分别参观了装在小玻璃瓶里的宝石，绿豆那么大，有一二十颗。那可是祖祖揣了九十多年的石头呢。

我去时，祖祖从手术室出来不过两个小时，但人已经醒了，喊她，她知道点头。说谁来了，她会笑一下，但脸色苍白。毕竟九十三岁啊，前些日子我去看一个比她小六十多岁的，也是切除胆囊的朋友，脸色一点儿不比她好，还哎哟哎哟地叫着呢。

祖祖躺在那儿，一声不响，儿孙们问她要不要打止痛针，她摇头。我看床边上的监视器，血压、血氧和心率都极为正常，也就放了心。我趴在她耳边说："奶奶，你真不简单，创造了奇迹呢！"她咧嘴笑笑。

等第二天我再去看她时，惊奇地发现祖祖的脸色竟然红润了。看护她的小姑娘说，昨天晚上十一点多祖祖的脸色就转红了！不仅如此，她还睁开了眼睛说话，很清晰，连脾气都出来了。她说："给我泡杯茶，我想喝茶。"儿孙们说："现在喝不得，你还没打屁呢。"她说："我太想喝了，我只喝一口。"儿孙们坚持原则说："一口也喝不得，医生说的，没打屁喝茶要出问题。"

祖祖很郁闷。过了一会儿她问："我鼻孔里是什么东西？"儿孙们答："氧气管。"她抬起左胳膊说："这又是什么？"答："输液管。"她再抬右胳膊："这个呢？"答："测血压的。""肚子上呢？"答："引流管。"她叹气道："简直把我五花大绑噢！"过了一会儿又重复说："我要喝茶。"

儿孙们研究了一阵，决定借鉴望梅止渴的方法，泡上一杯茶，用棉签往她嘴唇上涂抹一下，让她闻闻茶香，解解馋。她竟然也同意了，可见想茶想得厉害。

我趴在床边一个劲儿夸她，想转移她的注意力。我说："奶奶你太了不起了，你给我们所有人做出了榜样！"祖祖也像个孩子，很喜欢别人夸她。她笑眯眯地说："来的人都在夸我呢。"我说："当然要夸了，谁也比不上你啊。"祖祖说："我主要是心态好，我躺在床上想，什么烦心事也没有，后代这几房，房房都过得好，我就很舒坦。心态好了，身体就恢复得快。"我点头称是。祖祖又说："我告诉你，女人最重要的是自立。"我有些吃惊。祖祖说："你看我，自己有工资，不怕生病。生病躺到这儿又怎么样？我刷卡！"我乐了，又连连点头称是。祖祖继续说："孙子们对我再好，也不如花自己的钱好，他们有他们的负担。我用自己的钱，心里踏实。我跟你讲，我每天早上一睁开眼睛，就有七八十块的进项呢。"

原来祖祖的工资加上其他各项，"我还有阳光"（祖祖的原话），一个月就有两千多，所以她说她每天睁开眼就有七八十块的进项。她为此很自豪。

祖祖又说："我还是感谢党的好政策。虽然我成分不好，刚解放的时候吃了点儿苦头，但现在好了。"旁边的儿孙说："奶奶，现在不讲成分了，你那是老皇历了。"祖祖说："我还是感谢党的政策。刚解放那阵，日子恼火得很，我简直觉得活不下去了，简直想死了算了。另外一个官太太也不想活了，我们两个开完批斗会就一起商量着去死。那个人说她要跳井。我跟她说不要跳井，跳河好些，扳起来也要宽绰点儿。她不听，结果跳井死了。我去跳河，站在河边腿发软，怎么都跳不下去。

我就想算了,不跳了,忍一忍活下去吧,就这么活下来了。"

这里需要介绍一下。祖祖出身在官僚家庭,父亲做官,后来结婚,丈夫(就是姑爷爷)也是个旧官僚。所以刚解放时受了些罪。后来姑爷爷作为民主人士正准备去北京参加全国政协会时,突发脑出血病故了。祖祖就从那时起一个人带儿子,后来带孙子,也是吃了不少苦的。

祖祖感慨地说:"还是活下来好噢,一活活到现在,多活了五十多年的嘛。我就说我这个人两头好,小时候好,晚年好,中间吃了点儿苦。晚年呢,比小时候还要好,那么多人爱我,对我好。我咋不开心嘛。昨天宗教局的局长来看我,还表扬我了的嘛。"

祖祖滔滔不绝地跟我讲话。旁边的孙女说:"奶奶你不能说这么多话,你要好好休息。"她这才停下来,意犹未尽的样子,把喝茶的事也忘了。

第三天我没去,打电话问祖祖打屁没有。回答说有争议。祖祖闭眼躺在床上,突然说:"我打屁了!"但守候在一旁的孙女及其他人均未听见,不予承认。因为知道她想茶想得厉害,有可能是谎报,就算不是故意的,也有可能是错觉。祖祖生气了,说:"我自己打没打屁还能不知道吗?你们叫医生来!"医生来了,也无法了断这一悬案。最后医生说:"还是泡点儿茶,给她喝上一两口,观察一下。"

祖祖总算喝了两口茶，但喝得有些委屈。

到了深夜，很安静的时候，祖祖终于让孙儿们听见了她的屁，证实了她没有谎报。于是第二天一大早，祖祖就光明正大地、大张旗鼓地喝上了她一辈子都离不得却已经中断了三天的热茶。顺便说一下，祖祖的饮食习惯并不"健康"，她喜欢吃肉，而且喜欢吃肥肉，不爱吃蔬菜水果。喝茶也是喝花茶。唯一可宣传推广的是每天早上自己打新鲜豆浆喝，一把黄豆一把花生，用榨汁机或搅拌机一转。我想效仿，却懒到今天也没有实施。

住到第四天，祖祖的孙女就拿祖祖的社保卡去给她交费，一会儿回来说没交到，卡有问题。祖祖马上发表议论说："是不是他们一看一个九十多岁的人，肯定死掉了，就把卡给我销了？"孙女说不可能，叫她不要担心，是换新卡的时候出了错。祖祖的一个孙媳妇正好在社保局工作，连忙跑去办理，很快解决了问题，终于刷到了卡，交了医疗费。这下祖祖松了口气，又自豪地跟我说："生病我怕啥子嘛，我刷卡。"

隔了一天我再去，形势大好。不但打了屁，还解了大便。祖祖睡在床上，面色红润，笑眯眯的，看上去很美。一大群年过半百的孙子孙女们围在她的身边，让她心满意足。医护人员都说，祖祖的病房是最热闹的，从来都是三四个以上的人在守护她。除了儿孙，还有她的老邻居、老熟人。祖祖的人缘极好。

因为伤口愈合得好，各项指标都正常，医生就把她的"五花大绑"给解除了。除了每天输几瓶液,就没什么过场了。于是儿孙们就让她多动一动,免得肠粘连。祖祖很配合,让她起来她就起来。起来时,孙女给她穿上一件睡衣,睡衣是粉红色的,因为临时去买没有其他颜色。祖祖有些勉强,倒退回去七十年,她都没穿过粉红色,现在也只好将就了。穿好睡衣又怕她冷,就在粉红色的睡衣外面披了条翠绿色的毛巾毯。孙女孙媳妇们一边给她穿一边直乐。祖祖也笑眯眯地说:"你们拿我开心哟,出我的丑哟!"

穿好之后,祖祖就走出了病房。由于她的大名早已传出,所以她一出行,走廊上的每个病房都探出脑袋来,并且议论纷纷,啧啧称赞,这个说:"快看,这就是那个九十三岁动手术的老人家!"那个说:"瞧瞧人家的脸色,比我还好,哪像才做过手术的样子!"

祖祖就在一片赞叹声中花红柳绿地向前走去。

在我写这篇文章的时候,祖祖早已拆线出院回家了。祖祖宣布说,这回她要正式退休了,安度晚年。

写于 2004 年秋

之二:给祖祖做寿

农历八月初八,是我们家老祖宗的生日(我儿子爷爷的姑妈，我们都称其祖祖）。她老人家年满玖拾捌周岁了（郑重大写，免得被涂改）。我们在饭店设酒席给她祝寿。

说酒席，其实就是几个家常菜，开一瓶红酒（还没喝完），是那么个意思。

老人家情绪很好，很开心，不断地说："我都没按到（四川话，估计到的意思）我能活那么久哦，我的命好哦。"然后又当众表演她现在还眼不花，拿起饭店经理的名片就开始念上面的名字和电话，众儿孙皆无比佩服。

祖祖的确是个健康长寿的老人，现如今还是每天早上一碗黑米粥、一个馒头、一个鸡蛋，而且思维也清楚。

今天我们去接她时，她一看到我就说："哎呀，你咋个来了哦？你是著书的人，时间金贵呀。"看看，还使用书面语言呢。

祖祖人缘极佳，一到过年总有很多人去看她，街道上的、宗教界的、亲戚朋友。人们一夸她健康长寿，她就说："感谢共产党，感谢毛主席。"她的侄孙子听见后，跟她说："奶奶你这话太落伍了，你要与时俱进。"奶奶谦虚地说："那你教我说嘛。"侄孙子说："你要说，我能活到今天，全靠党的政策好，你们执行得也好。"奶奶记住了。

今年春节又有领导去拜年了，她就说："党的政策好，你们执行得也好。"领导惊诧不已，连连称赞说："老人家你太会说了！太不简单了！"

奶奶笑眯眯的，回头跟她侄孙子说："你再教我两句嘛，他们都表扬我了。"

这就是我们可爱的祖祖。

酒席上我们轮番地由衷地说着恭贺的话、拍马屁的话、哄她高兴的话，还说一百岁的时候，一定要给她隆重祝贺。她眉开眼笑，吃了很多东西，摆了很多老龙门阵。我看她每样菜都品尝了一遍，最后还吃了糯米饭和寿桃。比我胃口好多了。

看到祖祖那么开心，我们几个就没大没小去逗她："祖祖，今天这个饭店如何？赶得上解放前不？"她笑眯眯地说："可以，不错。"我们进一步说："摆一下你解放前咋个去饭店吃饭嘛。"祖祖说："那些腐朽的生活，不要提了。"我们更来劲儿了："摆一下你的腐朽生活嘛，让我们长一下见识嘛。"祖祖被我们说动了，正起身子刚要开口，忽然又止住了："算了，那些腐朽的生活，不要提。"

我们哈哈大笑，太有意思了。

祖祖指着一个重孙衣服上的英文，念出几个单词，我们很惊讶。她得意地说："我学过英文的，二十四个字母都认得。"我们纠正她，是二十六个字母。她说："反正我认得，二十四个字母。"然后又显摆说："我在学校还打过排球。我们都穿那种白丝绸滚红边儿的衣服。我还是打第一排的位置。"

"你还打排球？"我们太惊讶了，第一次听说。祖祖现在的个子很矮小,大概不到一米五,想不出她还打排球。

可是接下来她的话更把我们逗乐了。她说:"我们那阵都是学校选出来的哦,要个子高的,没有毛病的,瘸瞎麻癞矮都不要!"

"瘸瞎麻癞矮"这几个字我们没听清,当逐字逐字问,搞清楚后,简直笑翻了。当然,我们这样笑是不对的。解放前医疗条件差,"瘸瞎麻癞矮"的情形很多,其中的"麻"和"癞"年轻人已经很难理解了。那时候生天花的多,麻子就多;长虱子多,癞头就多。

打排球嘛,"矮"是不能要的,瘸和瞎更不行,但麻和癞纯属长相歧视了。

每次和祖祖聚会都很开心,她随便说点儿什么,都能逗我们大笑。给祖祖做寿,是晚辈们非常乐意和开心的。

大家都无比衷心地祝愿祖祖健康长寿,活过一百岁。

写于2009年秋

之三:送祖祖上路

2010年3月16日,天气晴朗,我们送祖祖上路。

祖祖是我儿子对她老人家的称呼,我们这一辈都叫她奶奶。祖祖生于辛亥革命那年,常戏言自己是"有皇帝的人"。 她年轻时代皈依了佛教，成为一名虔诚的居士，与青年时代的隆莲法师成为密友，一起共修佛学。解放后，祖祖受时任中国佛教协会会长喜饶嘉措大师的推荐，与当时的几位高僧大德一起，共同筹建了成都市佛教协会，历任理事、常务理事和咨议委员会副主席等。从二十世纪五十年代始一直到本世纪初，祖祖一直在佛教协会工作。她老人家为寺院的恢复重建、僧才培养、佛经、典籍、文史资料整理助印等做了大量工作，一直工作到九十四岁高龄，被我们晚辈称为"世界上最年长的上班族"。祖祖的慈悲言行，不仅仅受到我们整个家族的爱戴，也赢得了佛教界和社会各界人士的认同和敬仰。

我们所有人都认为，祖祖至少会活过一百岁。她那么健康，那么达观，无论如何没想到，一场感冒，让她离开了我们。

就在一百岁的门槛边上。

从知道祖祖离世的那刻起，我就一直想，祖祖留给我们的，是永远面带微笑的面容。她老人家从来不唉声叹气，也从来不急躁发火，那么，我们也应该高高兴兴地送她上路，不要让悲戚和哀伤环绕着她。但是，一进入悼念大厅，看到祖祖的遗像，还是忍不住泪如泉涌。

亲爱的祖祖，你永远离开我们了，我们再也不可能听你讲那些风趣的开心的话了，再也不可能在你慈祥的面容照耀下一起吃团年饭了，再也不可能高高兴兴地给你做寿看你吹蜡烛了……

祖祖已是九十九岁高龄，在常人看来是喜丧。但我们所有的后辈依然感到非常难过和遗憾，因为我们一直坚信，祖祖是可以活过一百岁的。祖祖身体很好，很多老年人有的问题她都没有，她自己也常说，她耳不聋眼不花，她也没有"三高"。祖祖的健康长寿，得益于她良好的心态，她总是乐呵呵的，时不时还跟我们幽默几句。去年秋天给她做寿时，她的精神状态和胃口都还很不错。我们早已说好，要在今年秋天，给她摆酒席庆祝一百岁寿辰。没想到冬天里一个小小的感冒，就带走了她老人家。

祖祖1月中旬感冒住院，在医院里过了最后一个春节。我们每次去看她，她都会说："你们都忙，不要来，我没事。"但我们还是眼见着祖祖越来越衰弱，很揪心。我最后一次去看祖祖，是3月1日，我告诉她第二天就要去北京开会了，得等开会回来才能来看她。那时她已不能说话了，她点点头，朝我摆摆手，那个手势，仿佛是在与我告别。

在北京的日子里，我每天往家打电话，第一件事就是问祖祖的情况。老人的情况时好时坏，但我始终抱着一线希望，希望祖祖能坚持到我会议结束，甚至希望奇迹出现：她老人家挺过来了，最终战胜病魔，出院回家。因为在过去的十几年里，她也曾一次次住院，不管是摔跤了，还是动手术（祖祖在九十四岁高龄还做了胆囊切除手术),每次都迅速康复,回到家中。我为此还写了一篇随笔《祖祖住院记》,用轻松的笔调写了祖祖百战百胜的事迹;我还想到,春天来了,万物都在复苏,祖祖也会获得新生命吧。

可是,奇迹没有出现。

12日晚我在北京接到短信,祖祖离开了我们。

14日大会一闭幕,我就匆匆往回赶。那一日北京大雪纷飞,天气阴冷,仿佛我的心情。机场白茫茫的一片,跑道上和飞机上都覆盖着冰雪,我一直担心航班不能按时起飞。但托祖祖的福,我终于在下午五点多回到了成都。放下行李,就去了祖祖的灵堂。

我知道祖祖不会责怪我,每次我去看她,她都会很清楚地说,山山你要写书的嘛,那么忙不要来了。但看到那间祖祖曾经与我们谈笑风生的房间变成了灵堂,我还是很遗憾没能在最后时刻守在她老人家身边,让她老人家知道,我们都很爱她,都舍不得她。

祖祖一辈子信佛,一辈子菩萨心肠,她常常说,我这个人两头甜,小时候享福,老了幸福。最后时刻她依然说,我没事,你们忙,不要来。还说,我那么大年龄了,不怕死;还说,我是有信仰的,死也不会痛苦。她给亲人留下的最后一句话是:如果你们想我,就念佛吧。

听到这句遗言，我想，虽然我赞同并努力践行着佛教的宗旨，慈悲为怀，行善积德，但一直自称不做佛教徒，不烧香拜佛。可今后的日子，为怀念祖祖，我会默默念诵佛经的。

告别仪式那天，天气非常好，真是万里无云，我们都为此感到欣慰。我们相信祖祖是喜欢这样的天气的，就像她喜欢微笑。在祖祖身上，我学到了很多很多，她的宽容，她的慈悲，她的豁达，她的乐观，还有她的自立——她曾经骄傲地跟我说："虽然我的后代个个都孝顺我，但我在经济上是独立的，我有工资，有社保。女人一定要自立。"

祖祖，我会记住你的话，会努力像你那样活着。

看着晴朗的天空，我忽然想，在我们所不知道的另一个世界，因为有了祖祖，会变得亲切和温暖，变得不再可怕。

春暖花开，祖祖走好。

写于 2010 年 3 月 20 日

大恩亦言谢

中国有句谚语,大恩不言谢。意思是说,他人给予自己的大恩情,记在心里即可,不必口头说感谢话。或者说,感激的话在大恩面前太轻了,无须说。但是以我自己的感受,大恩也要言谢,要及时说出来。让我意识到这一点的,是秦队长。

我最后一次见到秦队长,是2016年年底。当时我们教导队战友聚会,我原本不想去,不会喝酒,又怕热闹。但通知我的战友说,秦队长要去,而且主要是为他,他马上要去美国女儿家探亲了,希望走之前见见大家。我连忙跑去参加。

聚会时,秦队长依然被当年的部下们簇拥着,坐在上把位。不同的是,他早已没有了当年睥睨天下的样子,而是慈眉善目,眼睛眯缝成一条线,如慈祥的外公(他也确实是外公,有两个女儿)。现在想来,他那时不过七十二岁,却感觉活成老神仙了。

聚会很热闹，互相敬酒，众声喧哗。曾经的同事、战友，曾经在凤凰山朝夕相处过的人，浓浓的情谊比酒精度数还高。可是我坐在自己的位置上，始终没能融入进去。也许是不会喝酒，兴奋不起来。我一直坐在位置上看大家乐，心里却有些惴惴不安。总想站起来给秦队长敬酒，又犹豫不决。我和他隔着好几个座位，不起身走过去是不行的。

最终，我还是站起来走到他的跟前。我端着酒杯很郑重地说："秦队长，给您敬酒。"他还是那样，不起身，也不客气，就笑眯眯看着我。我直截了当地说："秦队长，特别感谢您，您对我的帮助很大。"他狡黠地笑着说："不用谢，还是你自己有本事。"我说："不是的，没有您在凤凰山对我的帮助，就没有我的今天。"他听出了我的真诚，欣慰地点点头，表情愉悦。

敬完酒我还想和他聊聊，告诉他我最近在写一本书《家书——青年时期写给父亲母亲》。其中写到他，很长一段，写了我们在凤凰山的故事。在书里我认真地表达了感激之情，很希望他能看到。或许对我来说，写出来比说出来容易。

可是那个场合没法聊天，我刚敬完酒就被其他敬酒的人挤开了。他一直被大家拥戴，即使已退休了这么多年。我重新回到自己的座位上，心里踏实了很多。

如我所说，在《家书》一书里，我专门写了我在教导队作为秦队长手下所经历的事,因我给父母写信时也提到了。故事很长,我就不在这里重复了。简要概括,就是年轻的我骄傲自负,一直与他不和。他是大队长,我是教员,照理说我该服从他,我却完全"不把村长当干部",哪怕他问我他名字里那个"殿"是哪个殿,我也要故意说是阎王殿的殿。他让我在教学之余兼顾一下新闻报道,我马上问他工资兼不兼。古人云,齿少气锐,我那时候齿一颗都不少了,依然气锐。每次看到莫言那本《晚熟的人》,我就会觉得是在说我。记得有一次在食堂吃饭聊天,秦队长说他两个女儿总买不到满意的衣服,问我:"是不是你们杭州的衣服比较时尚?让你妈帮忙买一下。"我就写信请妈妈买,告知了年龄、身高,然后明确地跟我妈说:"你买好后把发票一起寄来,我让他给你钱(这封信还在,白纸黑字)。"可见,我对人情世故完全不懂。当然,秦队长也没有让我白买的意思,但我也丝毫没有送他的意思,我认为我只要工作好就行了,其他都没必要考虑。

这么一个刺头儿,肯定让他头疼。尤其是,这个刺儿头还喜欢写小说,想外出参加笔会。记得是1984年春天(突然发现已经过去四十年了),我去找他请假参加小说笔会,他黑着脸说:"什么笔会?你的课怎么办?教学任务那么重。"我愣了一下,扭头就走。他在我身后喊:"我话还没说完,你怎么就走了?"我依旧不理他,直接走掉了。接下来,在支部大会上,他对我进行了严肃的批评,话说得很重。而我,竟当着那么多人公开反驳他,说他对我的批评"完全与事实不符",进行了一一辩驳,理直气壮,让我们教导队所有人大跌眼镜。

即使如此,他还是包容了我。四十年后回想起来,我真为年轻的自己感到后怕和幸运。倘若遇到一个心胸狭窄的人、一个官气十足的人,不狠狠收拾我才怪。他不但没有收拾我,最后还让我去参加了笔会。我(那个时候的我)竟然以为是自己牛,讲课好受欢迎,理应被眷顾,丝毫不明白地球离了我照样转这样浅显的道理。

接下来,又发生了一件大事。我被人告状,牵扯到一件麻烦事情里。我简称它为"诗集事件"。必须说,这件事我没做错什么,纯属莫名其妙。但上级还是很当回事,既然有人告了,总要处理。秦队长和政委就找我谈话。记得他很不解地说:"你又不写诗,怎么惹上这么个麻烦?"我如实讲述了经过,坦诚表示不过是大学期间参加的文学活动而已。尽管他和政委都相信我说的,但事情没定性,我还是属于"有问题"的干部。最直接的处理,就是把我从刚报上去的调级名单里拿下来了。

当时我被评为成都军区优秀文化教员,荣立了三等功,教导队正准备把我破格提拔为语文教研室副主任,一旦提起来,我可以连跳两级,属于天大的好事。当然,破格的不止我一个,还有好几个教员,他们都顺利地报上去了。

老实说,我也没太当回事。因为对当时的我来说,写小说才是最重要的,我的野心是当作家。只要讲完课,能关在房子里写小说就可以了,提级什么的是次要的。我还想过,实在不行就转业,考个硕士继续读书。我在给父母的信中就是这样说的:"当官有什么意思,不如当作家。"

但是秦队长却很看重这件事,他已经了解我了,知道我是个"晚熟的人",完全拎不清在部队提一级多么难,更不要说连跳两级。终于有一天他告诉我,我没事了,那个诗集事件撤案了。我一副早知道的表情,一笑了之。他却开始帮我跑,一次次去上级机关要求重新考虑我的破格提拔问题。上面说已经年底了,不再讨论了。他说她是几个月前报的,不能算年底。总之他说通了上级机关,真的在那年年底,将我的级别调到了副营。我还是很开心的,但内心深处,依旧认为这是自己能力强的原因,该破格。

我是在很久很久以后,才意识到当时的自己是多么没良心。他完全可以不管我这件事,可我直到离开教导队,都没有向他表达过感谢,一句感谢的话都没说过,更不要说送礼了。当然,有一点我做到了,就是好好工作,特别努力地工作,叫我干什么就干什么。有时候工作量很大,比如总派我到外面的单位讲课,有时候还在山沟里,周末都无法休息,我也都默默承受了。

估计潜意识里还是觉得要对得起教导队对我的培养。

后来，教导队在大裁军时被撤销了，秦队长调到了其他单位。我调入机关，我和他的上下级关系就此结束，一共两年半。但是那两年半对我非常重要，人生之初的种种基础，是那时打下的，我却一点儿没感觉。后来他退休了，我们很少见面，偶尔有外地同事来成都，我们才聚一下。他还是那样，喝点儿小酒，笑眯眯地说些损人的话。大概是2004年，他六十大寿，我去参加他的生日宴。记得我带了个伴手礼，是什么已经忘了，递给他时，他说："带什么礼物？你能来，就是给我的寿礼。"因为那个时候，我已经在我们军区小有名气，是他的骄傲。他转身跟其他客人说："这位是著名作家，我在凤凰山教导队的老部下。"然后又加了一句："我早就晓得她行。"那语气，如同父母炫耀子女。我当时想，幸好来了，让他多了一份快乐。我愿意让他拿我吹牛："那个女作家，是我部下。"

但是在那个生日宴上，我依然没有向他表达感谢。我总为自己开脱，我就是个不会说好听话的人，心里明白就行了。其实根子上，是没那个觉悟，总觉得自己的一切是自己奋斗得来的，和别人没多大关系。

人是需要不断成长、不断修行的。

幸而，在最后一次见面时，我很郑重地向他表示了感谢，让他知道，这么多年来我一直没有忘记他的恩情。那时我也退休了，似乎终于"懂事"了。明白在人生之初，遇到一个包容、助力的人，是多么重要。

半年之后，他离开了人世。

当我得知消息时，有些心惊，在难过的同时为自己感到庆幸。我终于说了感谢。若那次我还是没说，真要后悔死了。他因心脏病突发，在女儿家中离世。庆幸的是没有受罪，早上家人发现他没起床，就这么走了，也算是一种福报吧。唯一遗憾的是，我写到他的那本《家书》，他没看到。他是2017年4月离世的，家人在成都举行了一次告别仪式，我赶去参加。见到他的夫人时，我特意要了地址。三个月后，我寄去了新书，在扉页上郑重地写下了对他的感激之情。我相信他天上有知，一定会很欣慰的。

大恩亦言谢，哪怕只是一句话。

秦队长，谢谢您。原谅我这个晚熟的人。

写于 2024 年初夏

相逢可曾是故人

出 品 人	董利斌	选题策划	刘文飞	责任编辑	武慧敏
复 审	刘文飞	终 审	董利斌	书籍设计	FAJUN
印装监制	郭 勇	项目运营	有度文化·刘文飞工作室		

投稿邮箱 | liuwenfei0223@163.com 微信公众号 | YOUDU_CULTURE
微　　博 | http://weibo.com/liuwenfei0223